后浪出版公司

金　叶

来自金枝的故事

[英] J.G. 弗雷泽　著

[英] 丽莉·弗雷泽　编

汪培基　译

四川人民出版社

图书在版编目（CIP）数据

金叶：来自金枝的故事 /（英）J. G. 弗雷泽著；
（英）丽莉·弗雷泽编；汪培基译. -- 成都：四川人民
出版社，2019.2（2019.3重印）
ISBN 978-7-220-11151-8

Ⅰ.①金… Ⅱ.①J… ②丽… ③汪… Ⅲ.①民间故
事—作品集—世界 Ⅳ.①I17

中国版本图书馆CIP数据核字(2018)第277487号

Leaves from the Golden Bough
Culled by Lady Frazer
With Drawings by H.M.Brock
Macmillan and Co.,Limited,London,1924
本书根据英国伦敦麦克米伦图书股份有限公司1924年版翻译

JINYE:LAIZI JINZHI DE GUSHI

金叶：来自金枝的故事

著　　者	〔英〕J.G.弗雷泽
编　　者	〔英〕丽莉·弗雷泽
翻　　译	汪培基
选题策划	后浪出版公司
出版统筹	吴兴元
编辑统筹	梅天明
责任编辑	杨　立　罗　爽
特约编辑	黄杏莹
封面设计	墨白空间·黄海
营销推广	ONEBOOK

出版发行	四川人民出版社（成都槐树街2号）
网　　址	http://www.scpph.com
E - m a i l	scrmcbs@sina.com
印　　刷	北京盛通印刷股份有限公司
成品尺寸	143毫米×210毫米
印　　张	9.25
插　　图	16
字　　数	189千
版　　次	2019年2月第1版
印　　次	2019年3月第2次
书　　号	978-7-220-11151-8
定　　价	68.00元

Æneas finds the
Golden Bough

埃涅阿斯找到"金枝"。

The Witches'
Sabbath

《妖巫午夜聚会》

"He soon emerged in the form
of a Wolf"
THE WERE-WOLVES.

他很快便以狼的形象走了出来。——《狼人》

"The tree-spirit has been seen to rush out"

·TREES TENANTED BY SPIRITS·

该树的神灵以公牛的形态冲出树身。——《幽灵寄居树内》

"The Witches are caught by the thorns"

PRECAUTIONS AGAINST WITCHCRAFT

妖巫会被树枝上的刺抓住。——《防御巫术的措施》

"The herds were forcibly driven through the fire"

·THE PIGS of the PARSON'S WIFE·

人们赶着家畜从火焰中穿过。——《教区牧师妻子的猪》

"To this discourse the bear listens without conviction"
FUNERAL ORATION to the BEAR

那头熊对这一大篇讲话根本就没听进去。——《宰熊前的悼词》

"An enchanter is employed to lure the fish to their doom."

FISH TREATED WITH RESPECT.

人们雇用巫士诱鱼就捕。——《敬重鱼类》

She said,
"What is it, divine Father?"
·ISIS AND THE SUN GOD·

"神圣的天父，这是怎么回事？"——《伊西丝与太阳神》

 The serpent father protecting
his child.
THE RAJAHS OF NAGPUR

弃婴的爸爸在保护其儿子。——《那格浦尔的邦主胸前为何戴有蛇像》

"So they mounted the ram and fled
with him over land and sea"
·KING ATHAMAS·

孩子们便骑到这头公羊背上，腾空而起，飞跃陆地和海洋。——《阿塔玛斯国王》

"Struck at her with his axe"
·THE MILLERS WIFE
& THE TWO GREY CATS·

举手一挥，斩断了猫爪。——《磨坊主的妻子和两只大灰猫》

"Tossed the dragon high in air"
THE DRAGON of the WATERMILL

他把孽龙高高地抛到了天上。——《水磨坊里的龙》

"The King stepped out and the fight began"
THE SOULLESS KING

国王跳下车来，两人又斗在一起。——《没有灵魂的国王》

All dancing together
on the floor
THE HELPFUL ANIMALS

动物们一起都在地板上跳舞。——《帮助人的动物》

 *The cloud carried her away*

THE WICKED FAIRY

妖云把公主带回空中的魔宫。——《邪恶的女妖》

前　言

　　当我们在一丛丛槲寄生①下悠然闲步或相互亲吻的时候，圣诞木柴吐出闪烁的火焰，圣诞树上彩烛摇红，乐师奏起了乐曲，一切像婚礼的钟声敲响时那样地欢乐。这时候，我们中间有多少人知道——如果我们真正知道的话，那么有多少人能够记得——这些槲寄生就是维吉尔②笔下的"金枝"，埃涅阿斯③就是拿着它而进入幽暗的冥间的呢？我们都满足于在圣诞节这一天忘记一切晦涩的学识和一切哀伤。幽灵鬼怪可能在幽暗中忧郁徘徊，或啁唧呜咽，妖巫们可能乘着扫帚柄在我们头顶上空来回飞掠，仙女与精灵可能在月光下轻盈地舞蹈，但是，它们都不能使我们感到恐怖。因为，我们正沉浸在梦寐之中——金色的美梦，比我们每天的现实生活更为真实的美梦之中。我们祈求能在梦中见到那往昔的幻想世界。

　　青少年朋友们可以确信，我太爱它们了，不能把它们从美丽的幻想中唤醒。我曾称它们为迷失的树叶，并把它们精选出来，以飨风华正茂的人们。我无意于教诲，只想让大家愉悦欢乐。多卷本《金枝》的作者④详尽地搜集了世界上的有关文献来证明完全属于他自己的观点。不过，这跟我们没有关系。这里的故事都是作者用自己的语言讲出来的；他的生花妙笔，使这些故事都变成了美妙的音乐。而我愉快地付出的一点劳动，仅仅是把其中银衬的秀叶编成一簇花环送给青少年们。

丽莉·弗雷泽

---

① 槲寄生是一种寄生植物，四季常青，开黄色花朵，入冬结出各色的浆果。在北欧神话中，和平之神巴尔德（Balder）被邪恶之神洛基（Loki）以槲寄生所制成的箭射死。巴尔德的母亲弗丽嘉（Frigga）悲伤的眼泪令槲寄生红色的果实变白，并让巴尔德复活。弗丽嘉亲吻每一个经过槲寄生底下的人，以分享她儿子死而复活的喜悦。西方传统中，圣诞节这一天，人们会将槲寄生挂在门楣上，如果有两人同时经过槲寄生下，就要亲吻对方。

②③ 古罗马诗人维吉尔（Virgil，公元前70年—前19年）在他所写的著名十二卷长诗《埃涅伊德》（Aeneid）中，根据传说描写特洛伊的王子埃涅阿斯在太阳神阿波罗的女祭司西比尔指点下，手持"金枝"（槲寄生）到阴间去寻访他父亲特洛伊国王安基塞斯的阴魂，埃涅阿斯后来成了古罗马帝国创建者的英雄的祖先。

④ 这里指本书作者的丈夫、十二长卷《金枝》的原作者、英国著名文化人类学家詹姆斯·乔治·弗雷泽爵士。

目　录

第一部分

圣诞节与槲寄生

金　枝

　　为什么称槲寄生为金枝呢？光是它那浅白嫩黄的浆果是不足以说明这一美名的，因为维吉尔说，这槲寄生连枝带叶都是金黄色的。可能是由于槲寄生从树干上折下存放几个月之后通体仍呈现出金黄色而得此名。那鲜艳的色泽不仅呈现在叶子上，而且遍布枝茎，整个树枝看上去确实像是一条金枝。布列塔尼①的农民们在自家屋前悬挂着大捆大捆的槲寄生，每年六月里，这些树枝呈现出的金黄色泽十分引人注目。在布列塔尼的一些地区，特别是莫尔比昂（Morbihan）一带，农民们还把一捆捆的槲寄生挂在马厩和牛棚的门上，其意图大概是用以保护马匹和牛群免受妖巫的侵害。

　　干燥了的槲寄生的金黄色，可以部分地解释为什么槲寄生有时被认为具有揭示地下宝藏的性能。因为黄色树枝与黄色金子之间有着一种很自然的近似。这种联想可以从关于蕨孢子和紫蕨花的神奇性能的类似传说中得到证实。据民间传说，蕨孢子在仲夏节②前夕开花，开得像黄金或火一样。在波希米亚，据说"蕨孢子在圣约翰节③那天开出金黄色的花，像火一样地闪闪发光"。这一神话中的蕨孢子的性能就是：无论谁拥有蕨孢子，或手里拿着它在仲夏节前夜爬上山去，就会发现黄金矿脉，或者看见地下闪着蓝色光焰的宝藏。

在俄罗斯，人们传说，如果在仲夏节前夕的夜半时分成功地采到那奇妙的蕨花，只要把它们抛向空中，它就会像一颗星那样落下来，恰好落在蕴藏宝藏的地方。在布列塔尼，寻宝者在仲夏节前夕的子夜采集蕨孢子，一直保存到来年棕枝主日④（复活节）前的星期天，将它撒在他们认为藏有珠宝的地面。蒂罗尔地区（Tyrolese，在奥地利）的农民认为在仲夏节前夕能够看见地下宝藏的光焰。在这神秘的时节，用惯常谨慎的措施采集到的蕨孢子能帮助人们发现埋藏在地下的黄金。在瑞士的弗里堡州（Freiburg），人们习惯于在圣约翰节那天晚上守候在紫蕨旁边，希望能得到恶魔亲自送来的财宝。

在波希米亚，人们传说，谁在这时节获得紫蕨的金色花朵，谁就拥有了获得地下所有宝藏的钥匙。如果少女在那迅即凋萎的花下铺上一块布，赤金就会掉在那布上。在蒂罗尔和波希米亚，如果你把蕨孢子放在货币当中，那么不论你花掉多少钱，那些钱总不减少。有时，人们还认为，蕨孢子在圣诞节的夜里开花，不论谁采到它，都会变得非常富有。施蒂里亚（Styria，在奥地利）的人以为，在圣诞节夜晚采集的蕨孢子可以迫使魔鬼送来一袋货币。

同样，在斯瓦比亚（Swabia，在德国），人们也认为，通过适当谨慎的措施，能够迫使魔鬼在圣诞节夜里送来一袋蕨孢子。不过在圣灵降临节⑤前四周内，以及整个降临节期间，必须注意不要祈祷，不能去教堂，也不得使用圣水，脑子里必须整天装着邪门歪道的想法，热切地盼望着魔鬼能帮你获得金钱。做好这些准备之后，等到圣诞节夜里十一点到十二点钟的时候，就到人们舁送尸体去教堂的十字路口站着，在那里会遇到很多人，其中不少人早已死亡，并且已经殡葬过了——他们也许是你的父母或祖父母，或者是老朋友和熟人——他们会停下来招呼你，问你："你在这儿做什么？"小妖精们会围着你跳跃或舞蹈，试图引你发笑。如果你笑了，或者哪怕只发出一点点声息，魔鬼马上就会把你撕成碎块。如果你默不作声，安静严肃地站在那里，等那些鬼魂过去以后，就会有一个穿着像猎人的人走来，那就是魔鬼。他会送给你一个装满蕨孢子的锥形纸袋，你一辈子都得把它收好，要随身携带。它能给予你能力，每天做出的工作相当于二三十个普通人与你同时做的工作，这样你就会变得富有起来。不过很少有人敢于接受这一严峻的考验。

罗腾堡（Rotenburg，在德国）人谈到他们城里一个织布人的故事：大约二百五十年前，有这样一个织布人，非常幸运地从魔鬼那里（虽然传说没有这么明说）得到了蕨孢子，靠着它，织布出现了奇迹。他因为有了这个珍宝，发了大财。这个懒汉每周只在星期六干一天活，其余时间全耗在吃喝玩乐上面了。然而他一天织出的布，比任何一个熟练工人一星期从早到晚坐在纺织机前织出的布还多得多。自然，他隐瞒着自己的秘密，要不是出了这样一件事，人们永远不会知道他是怎么织出来的。这从一般人的观点来看，可以说是偶然的故事，而对我来说，却只能认为那是神的明显示兆。有一天，一个节日开始后的第八天，这家伙织了一匹不少于一百厄尔⑥长的布。他的女主人决定当晚把布交给顾客。她把这布放进一个篮子里，然后提着它就出去了。她走的那条路上有一座教堂。当她从教堂的大楼走过时，听见宣告领受圣餐的神圣铃声。作为一个善良的女人，她便放下手中的篮子，在教堂旁边跪了下来。周围聚集了好些幽灵。就这样她把自己委之于上帝和天使们的庇佑下，跟跪在明亮的教堂里边的那些教徒们一道，得到了天恩祝福，使她和那些信徒们免遭夜间的凶险。她精神焕发地立起身来，提起篮子，一看篮内的布，竟变成了一堆纱线。这一惊非同小可！原来，牧师在圣坛上的祝圣祷词已解除了人类恶魔可恶的符咒。

因此，根据巫术同一律的原则，蕨孢子被认为能够发现黄金，因为它自身就是金黄色的；由于同样的理由，它也能使占有它的人获得源源不尽的黄金。然而，蕨孢子一方面被描绘为金黄色的，同时，又被描绘为光彩夺目如火如荼的。因而，既然我们认为仲夏节前夕和圣诞节，即夏至和冬至（圣诞节不过是古代异教徒庆祝冬至的节日）是采集神奇的蕨孢子的两个重大日子，我们就会认为蕨孢子颜色似火是主要的，而颜色如金则是次要的、派生的。事实上，蕨孢子似乎像是太阳在其运行过程中，经过两个转折点（黄经90°，夏至点；黄经270°，冬至点——译注）时散发的火种。这一观点得到日耳曼一个传说故事的证实。故事说：有一个猎人在仲夏节的中午用箭射中了太阳，得到了蕨孢子。被射中的太阳滴下三滴血，猎人用一块白布接着，那血就是蕨孢子。显然，这血就是太阳的血，蕨孢子是直接由太阳的血转化的。因此，大概可以认为，蕨孢子之所以是金黄色的，是因为人们以为那是太阳散发的金色火焰。

和蕨孢子一样，槲寄生也是在仲夏节或圣诞节，即夏至或冬至那天采集，也同样被认为具有显现地下宝藏的能力。仲夏节前夕，瑞典人用槲寄生（或者用四根不同的木棍，其中有一根必须是槲寄生）制成探矿杖，日落后寻宝者拿着探矿杖在地面上探查，当它探到地下藏有宝物之处，便像活了似的自己移动起。如果槲寄生能发现黄金，那一定是由于它的金枝的性能。如果它是在夏至节或冬至节采集的，那么这金枝不就和蕨孢子一样，也是太阳散发出的火种了吗？这个问题不能用一个简单的"是"来回答。

古代雅利安人点燃冬至节、夏至节以及其他仪式中用的火，一部分意图可能是作为太阳的魔法，给太阳增加新的火力。由于这些火通常是摩擦或点燃橡木而生起来的，古代雅利安人便以为太阳定期地从存储在神圣橡木中的火种里补充能源。换言之，在雅利安人看来，橡木像是原始的仓库或贮藏所，太阳时时从那里吸取火源。如果橡树的生命被认为存在于槲寄生里面的话，那么，按照这一观点，槲寄生肯定含有摩擦橡木时产生的火种或火星。因此，与其说槲寄生是太阳散发的火种，还不如说太阳的火被认为来源于槲寄生可能更合适些。这样，槲寄生因它璀璨的金色而被称作金枝，也就不奇怪了。然而，也许像蕨孢子一样，它也被看作只是在那些特定的时间里，尤其是在仲夏节，从橡树中提取火源点亮太阳的时候，才呈现出金色。在希罗普郡（Shropshre，在英格兰西部）的普维尔伯奇地区（Pulverbatch），人们还记得古时候橡树在仲夏节前夕的夜间开花，天亮就萎谢，姑娘若想知道自己将来的婚姻如何，只消夜里在树下铺一块白布，第二天早晨她就会在布上发现一小撮灰尘，那就是橡树花的全部残遗。姑娘把它收起来，放在枕头底下，未来的丈夫就会在她的梦中出现。如果我没有搞错的话，这一现即逝的橡树花大概就是具有金枝性状的槲寄生。

下述的观察证实了这一推测：在威尔士，姑娘也在仲夏节前夕采一根槲寄生小枝，用上述同样的方法放在枕头底下，以引致预兆未来的梦。她们用白布承接想象中的橡树之花的做法，跟德鲁伊⑦祭司们用白布承接用金色镰刀割断的橡树上的槲寄生的做法完全一样。由于希罗普郡和威尔士接壤，关于橡树在仲夏节前夕开花的信念可能直接源于威尔士人，虽然也可能是古代雅利安人信仰的一个断片。在意大利的某些地方，农民们仍然在仲夏节清晨出外去寻找橡树，制作"圣约翰油"，这种油像槲寄生一样能治愈各种创伤。这也许是槲寄生本身受到赞美的方面。因此，"金枝"的称号竟然赋予寄生在橡树身上、很少为人描述的微不足道的槲寄生，也就不难理解了。此外，我们也许还可以看出，为什么古代人认为槲寄生具有灭火的卓越性能，为什么瑞典人至今还把它存放在家里防止火灾。它的火一般的属性表明了它是处置或预防火灾的佳品。

这些想法可以部分地说明，为什么维吉尔要让埃涅阿斯在进入阴暗的地府时，随身携带一枝闪闪发亮的槲寄生。诗中描写在地狱门前密布着一片绵亘浓郁的森林。这位英雄在两只野鸽的引导下，曲曲折折地逐渐走进那远古森林的深处，直到他透过树荫看到，远方闪烁的金枝的光辉照亮着他头顶上高悬的错综缠结的枝条。如果人们认为深秋时分枯黄的槲寄生含有火种的话，那么对于一个在阴间孤独漫行的人来说，还有什么比金枝更好的东西可以拿在手中呢？它既能照亮足下的道路，又能当作护身的杖棒，带着这样一根金枝走在充满艰险的征途上，就可以勇敢地面对一切阴森可怖的幽灵。因此，当埃涅阿斯走出森林，来到那条蜿蜒流向阴间沼泽的冥河⑧的岸边，凶暴的摆渡人⑨拒绝让他乘船时，他拿出怀里的金枝高高举起，那摆渡人一见马上就畏缩了，乖乖地请他登上那摇摇晃晃的渡船。由于他是活人，小船不堪重负而沉入水底了。直到现在，人们还相信槲寄生可以防御妖巫和妖精。

古代人大概也都深信槲寄生具有这样奇异的效力。如果这种寄生植物真像一些农民认为的那样，能够开启一切锁的话，那么，何不把它作为埃涅阿斯手中打开死亡之门的"芝麻，开门来"⑩呢？我们有理由可以假定，当俄耳甫斯⑪以同样方式进入阴间去营救他的亡妻欧律狄克的灵魂时，他随身带着一根杨柳枝作为在阴间旅行的保障。因为，在画家波力诺塔斯⑫装饰古希腊德尔斐城⑬的一条长廊所描绘阴间情景的伟大壁画里，画着俄耳甫斯沉思地坐在一棵柳树下，左手抱着七弦竖琴，右手抓着低垂的杨柳枝。如果画中的柳树确实具有那位独创性的学者所赋予的意义，那么，画家在这里想要表现的就是：死去的音乐家正在回忆着那柳树枝伴随他平安地渡过冥河，回到爱情和音乐的光明人世的往事，而他现在再也看不到那一切了。

---

① 即布列塔尼（Brittany）半岛，位于英吉利海峡与比斯开湾之间，为法国属地。

② 仲夏节（Midsummer），夏至日，古时每年的6月24日，也是圣约翰诞辰日。

③ 圣约翰节（St. John's Night），天主教节日，定于每年的6月24日，纪念施洗约翰的诞辰。施洗约翰是耶稣的表兄，曾为耶稣施洗，因为公开抨击犹太王希律被捕入狱。希律王的继女莎乐美为他跳舞，希律高兴地答应可以赏赐她任何物品。在她母亲的怂恿下，莎乐美要约翰的头。希律王无奈只得派人杀死约翰，将头放到盘子中交给莎乐美。

④ 棕枝主日（Palm Sunday），天主教节日，亦译"圣枝主日"或"主进圣城节"。《新约》记载，耶稣受难前最后一次骑驴进入耶路撒冷城，群众手执棕枝踊跃欢迎耶稣。为表纪念，此日教堂多以棕枝为装饰，有时教徒也手持棕枝绕教堂一周。教会规定在复活节前一周的星期日举行。复活节（Easter）是纪念耶稣基督复活的节日，春分之后第一次满月之后的第一个星期日，大致在3月22日至4月25日之间。

⑤ 圣灵降临节（Advent season），天主教节日，也称圣神降临节、五旬节、降临节，在复活节后的第50天庆祝。根据《新约》的记载，耶稣复活后40天升天，第50日差遣圣灵降临。这天也是犹太人传统上纪念农业丰收的日子。

⑥ 厄尔（ell），旧时主要用来测量织物的长度单位，约等于45英寸。100厄尔约合114米。

⑦ 德鲁伊（Druid），古代不列颠、爱尔兰以及法兰西等地凯尔特人宗教中的祭司、巫医、占卜者、评判者和诗人。

⑧ 冥河（Styx），希腊神话中环绕冥界九条河流之一。

⑨ 指卡戎（Charon），希腊神话中在冥河上摆渡亡魂的船夫。维吉尔在《埃涅伊德》中描绘卡戎的形象是一个龌龊的老头，手执长竿，两眼喷火。他负责渡送亡魂，活人只有拿着冥后珀尔塞福涅（Persephone）花园中折下来的金枝才能被卡戎渡送至冥府。

⑩ "芝麻，开门来"是《天方夜谭·阿里巴巴与四十大盗》故事中开门的符咒。

⑪ 俄耳甫斯（Orpheus），希腊神话中的游吟诗人，以美妙的歌声和高超的琴技闻名。他深爱的妻子欧律狄克（Eurydice）死后，他去了阴间求冥王使她回生，但未遵守在回到阳世之前不得回头看妻子的条件而永远失去了她。

⑫ 波力诺塔斯（Polygnotus），公元前五世纪希腊画家。

⑬ 德尔斐（Delphi），希腊古城，距雅典百余公里，有阿波罗太阳神庙、雅典女神庙、剧场、训练场和运动场等古迹。

作为避雷针、万能钥匙、防御妖术的槲寄生

　　古代意大利人以为槲寄生能够灭火，瑞典农民也有同样的看法。他们把橡树上的槲寄生一束束地挂在屋内天花板上以防御灾害，特别是火灾。槲寄生被认为具有这一性能。瑞士的阿尔高州（Aargau）人称它为"雷电笤帚"这一绰号中已有所暗示。因为雷电笤帚是长在树枝上、毛茸茸密匝匝的赘疣，人们一般以为它是闪电的产物。所以，波希米亚人认为经雷电烧过的雷电笤帚能够保护房屋免遭雷击。因为既然它本身是雷电的产物，它就当然能够防御雷电——实际上是一种避雷针。瑞典人用槲寄生特别预防房屋着火，那火可能就是因受雷击而引起的，虽然，槲寄生无疑也有防止一般火灾的效力。

　　此外，槲寄生除了充当避雷针，还能作万能钥匙，据说它能开启各种锁。不过槲寄生的最可贵之处也许要算它的防御妖术和巫害的效能。这无疑就是奥地利人把槲寄生的小枝挂在门口预防噩梦的缘故。这也许也是英格兰北部人们所说的，要想你的奶场兴旺，就要送一束槲寄生给新年后第一个产犊的母牛的原因。因为人们都知道妖巫危害对于牛奶和黄油是最厉害不过的了。在威尔士乡间，到处都有槲寄生，农家屋舍里总是堆放或悬挂着很多槲寄生。如果槲寄生少了，那些威尔士农民就

说:"没有槲寄生,就没有好运气。"如果槲寄生丰收了,他们便认为谷物可望丰产。在瑞典,人们于圣约翰节前夕采集槲寄生,他们相信它富有神秘的性能。只要在住宅的天花板上、马厩或牛棚里悬挂一小枝槲寄生,妖巫就不能危害人和牲畜了。

埃罗尔的赫家

据传说，埃罗尔（Errol）（帕思郡泰河湾①附近的一大庄园）赫家的命运就是同长在一棵大橡树上的槲寄生紧密相连的。赫家的一个成员对这一古老的信念作过如下的记述："在低地国家的赫家后裔已经普遍忘记了本家族的徽志。一份古代的手稿和帕思郡一些老年人的口头传说，都表明赫家的徽志就是槲寄生。"从前，在埃罗尔附近，距猎鹰石不远处有一棵古老的大橡树，已不知有多少年代了。树上长了一丛小树，许多神奇的传说都被认为与这棵树有关。赫家世代的盛衰兴替据说都与此树的荣枯息息相关。赫家的某位成员在一个万圣节前夕，用一把新制短剑砍下一根槲寄生的枝子，手持树枝顺着太阳运转的方向绕树三匝，口念咒语，这根槲寄生就成了防御一切巫法妖术以及在战斗中刀枪不入的最灵验的护身符。把按上述方式采下的小枝放在婴儿睡的摇篮里，便可以防止精灵侵扰婴儿，把婴儿变成小精灵。还有一点，据信：当橡树的根部枯死之后，"埃罗尔的炉前就长出了青草，乌鸦也栖息在老鹰的窝巢"。赫家子孙中可能有人做了两件最不幸的事：射杀了一头白鹰，又从埃罗尔的橡树上砍下一根树枝。我无从知道，那棵老橡树是什么时候被毁掉的。赫家的那座庄园后来也卖出去了。当然，据说，那是在那棵与赫家命运攸关的橡

树被砍倒之后不久被卖出去的。传说民谣诗人托马斯②曾将这个
古老的迷信用诗句记录下来：

       只要埃罗尔的橡树挺拔傲立，

       橡树上的槲寄生便枝叶茂密。

       赫家就荣华富贵，瓜瓞绵绵，

       赫府上的灰色雄鹰就能在风暴中无畏地展翅盘旋。

       一旦那橡树根枯叶落，

       槲寄生就枯萎飘摇。

       埃罗尔的炉前将长满青草，

       乌鸦将占据雄鹰的窝巢。

---

① 帕思郡（Perthshire），在苏格兰境内，泰河湾为苏格兰最长河流泰河
（Tay）的入海口。

② 诗人托马斯（Thomas the Rhymer），全名为托马斯·德·埃尔塞顿
（Thomas de Ercildoun，公元1220年—1298年），十三世纪末苏格兰的著
名的占卜者和民间诗人。

圣诞节前夕的家畜对话

同许多地方一样，孚日山区①的耕牛在圣诞节前夕具有讲话的能力。这天夜晚，它们能够用人的语言互相对话。它们的对话确实极有教益，因为它们似乎能够预知将要发生的事情。当然很少有人愿意被人发现自己在牛棚里窃听。明智的人们满足于在牛槽里放够了草料便关上门，让它们自己去咀嚼、反刍。有一次，一个农夫藏在牛棚的角落里偷听两条老牛的带有启发性的对话，但是这并没有给他带来什么好处。因为一头公牛向另外一头公牛问道："明天我们将要干什么？"另一头公牛答道："送我们的主人到墓地去。"果不其然，那农夫真的当晚就死了，第二天一早就被埋葬了。

---

① 孚日山（Vosges），法国东部山脉，位于靠近法德边界的阿尔萨斯大区。

塞尔维亚的圣诞柴

显然，古老的异教圣诞柴仪式，今天在欧洲再也没有像塞尔维亚那里保存得那么完好的了。圣诞节前一天的凌晨，每户农家都派出两个最年轻力壮的男人到最近处的森林里砍一棵小橡树扛回家来。他们到了森林里首先简短地祷告一番，或者在自己身上画三次十字，然后往选中的橡树上撒一把麦子，说一声"圣诞快乐"。接着就把它砍倒，要小心地恰好在太阳出现在东方地平线时，让树身向着东方倒下。如果树身倒向了西方，那便是这家房子和房主人在未来一年中最不吉利的预兆。如果树身倒下时被另一棵树挂住了，那也是不吉利的。还有重要的一点，就是一定要把砍倒的橡树身上最先落下的碎片带回家中收藏起来。树干要锯成两到三段，其中一段要特别长些。一位妇女从屋里拿出一张摊平但未发酵的面饼，在那较长的橡树段上掰碎。这几段橡树暂时就靠在屋墙边，每一段都叫作圣诞木柴。

同时，孩子们和年轻人挨家挨户地歌唱一首名为《柯莉达》(*Colleda*)的歌。柯莉达是古代异教徒的神的名字。歌中每一行都祈求她的保佑。其中有一处称她为"一位漂亮的少女"，另一处则恳求她让奶牛大量地产奶。这一天的时间全用来忙着做准备工作。妇女们烤出形状像羊、猪和小鸡似的特种糕饼，男人们则准备好要烤的一头猪——烤猪是每个塞尔维亚人家过圣诞节的一道主要菜肴。此外，还把一束用绳子捆好的稻草拿进院子里，靠放在圣诞木柴的旁边。

等到日落时分，全家所有成员都聚集在主屋的中央大厅里（这个大家庭的厨房）。主母或家长的妻子把一副羊毛手套递给一个年轻小伙子，小伙子戴上手套走出室外，很快就双手捧着那最长的圣诞木柴走了回来。主母在门口迎接他，往他身上撒出一把麦子，里面混有已经保存了一天的清晨砍来做圣诞木柴用的橡树的碎片。这年轻人捧着圣诞木柴进入中央大厅，对所有在场的人说道："晚上好，圣诞快乐！"大家则齐声回答道："愿上帝与这愉快而神圣的圣诞节保佑你！"在塞尔维亚的某些地方，一家的家长手里拿着一杯红酒向圣诞木柴致意问候，好像它是一个活人。接着又把另一杯红酒倒在它上面。最后，家长在拿进圣诞木柴的那个年轻人的帮助下，把木柴放进燃烧着的炉膛里，留出一英尺左右粗大的一头露在炉膛外。有些地方还在圣诞木柴粗大的一端抹上蜂蜜。

接着家里的主母便把靠在外面的那捆麦秸拿进屋里，家中所有的小孩都排在她身后，随着她缓缓地在中央大厅和相邻的房间里走上一圈。主母一边走着，一边大把大把地往地上撒麦秸，同时模仿着母鸡发出咯咯的声音，孩子们摇摇摆摆，嘴里也发出唧唧的声音，像一群跟在母鸡后面的雏鸡。地上撒满了麦秸之后，做父亲的或家中最年长的人就往大厅的每个角落里扔几个核桃。厅东边的角落里高高地放着一个盛满麦粒的大罐子或小木匣，中间插着一支高大的黄蜡烛。这位家长恭恭敬敬地点燃蜡烛，虔诚地祈求上帝保佑他全家健康、幸福、庄稼丰收、蜂蜜盛产、牲畜多崽、母牛多乳、奶油丰盈。做完了这一切之后，全家才坐下来吃饭——大家全都蹲坐在地板上，因为这个场合是禁止使用桌椅的。

第二天清晨（圣诞节）四点钟时，整个村子便沸腾起来，实际上大多数人整夜都没睡觉。人们认为最重要的事是必须保持圣诞木柴彻夜燃烧。大清早就把已经准备好的那头猪放到火上炙烤。与此同时，每户人家都有一人在院子里鸣枪或放炮。当猪烤好从火上取下后，又重新鸣枪放炮，就这样一直持续好几个小时，那不断的乒乒乓乓声会使不明底细的外乡人误以为这里在进行一场激战。太阳刚要出山之前，一位少女就来到村里的泉水或小溪边汲水。她首先向水祝福圣诞快乐，向水里撒下一把麦粒，然后才汲水。她带回家中的第一桶水专门用于烘烤一块特制的圣诞蛋糕，供全家人宴会时享用，对于没能来参加家宴的亲人则给留下一份。那蛋糕里放有一枚小小的银币，谁分到了它，这一年中定交好运。

现在全家人围守在燃烧着的圣诞木柴旁边，热切地期待着那个号称波拉兹尼克（Praznik）的圣诞嘉宾的光临。通常由友好人家的小男孩担任这一角色。在这个重要人物尚未来访之前，任何人，即使是牧师或村长也不得进入这家人的房子。因此，他必须来，一般也总是来的，并且早晨很早就来了。他手里拿着一只装满麦粒的羊毛手套，敲开人家的大门之后，就把一小撮麦粒撒向围在炉边的人们的身上，同时向这些人问好，说："耶稣诞生了！"这些人也都答道："他的确诞生了。"女主人便向这位圣诞客人扔出一把麦粒，圣诞客人又把一些麦粒撒向大厅四角和人们的身上。然后，他径直走到炉边，操起一把铁锹，敲打燃烧着的圣诞木柴，柴上火星迸起，冲上烟囱，这时他便喃喃说道："祝福你们今年六畜兴旺，蜂蜜丰产，全家好运，繁荣、昌盛、幸福！"说了这些美好的祝愿之后，他拥抱并亲吻主人，转身面向炉灶，双膝跪下，吻那露在炉外的那段圣诞木柴。他站起来，把一枚硬币放在木柴上作为他赠送的礼物。这时一位妇女拿过来一把小木椅，请客人在椅子上坐下。但是就在他刚刚要坐下的那一瞬间，家里的一个男人猛地把椅子从他下面抽走，他便一屁股跌倒在地上。人们认为他这一跌，就把早上所说的一切美好祝愿都在地里固定下来了。女主人随即用一条毛毯把他裹了起来，他便在其中静静地坐上几分钟。人们认为包裹他的这条毛毯的确能确保母牛在未来一年中多产奶。当他静坐在那里祝福奶牛增产牛奶的时候，来年将要牧羊的孩子们便走到炉灶前跪下，隔着那露在炉膛外面的圣诞木柴互相亲吻。他们认为这种钟爱的演示能确保母羊疼爱它产下的小羔羊。

第二部分

神秘的怪物

恶魔无所不在

我们受到的哲学教养，是剥离本质个性，将未知因素简化为我们可以感知的井然有序的印象。在这种哲学教养下，我们很难站在原始未开化的人的地位来看待周围事物。同样的事物，在未开化的人看来便成了鬼神的形象或鬼神的事迹。多少世纪以来，曾经围绕在我们周围的神鬼大军，在科学权杖的驱逐下一步步地退离了我们：从炉灶和住宅，从圮废的地窖和爬满常青藤的古城堡，从魔鬼出没的沼泽和人迹罕至的池沼，从迸发闪电的乌云和衬着银月的云彩或西天火烧似的片片晚霞，远远、远远地退离了我们。它们甚至从它们在天上的最后据点退离了我们——那蓝色的苍穹已不再是遮掩天国荣耀、不使凡人得见的屏障，只有在诗人的梦幻或夸张的激情修辞中，才能瞥见隐退的鬼神旌旗的最后飘动，听到它们无形翅膀的拍击声、它们嘲弄的笑声或由强转弱渐渐在远处消失的天使的乐声。这在原始未开化的人看来就大不相同了。在未开化的人的想象中，这世界仍充满各式各样的神灵，尽管严肃理智的哲学早已摒除了它们。仙女和精灵、妖魔和鬼怪仍然没日没夜地萦回在他的周围。它们使出千奇百怪的恶作剧紧随他的足迹，眩惑他的感官，进入他的体内，烦扰他，欺骗他，折磨他。对于落在他身上的不幸，他所蒙受的损失和不得不忍受的痛苦，一般他总是认为这一切若不是他的仇人对他施加的魔法，就是神灵对他的责难、恼怒或任意的处置。它们的经常出现使他厌倦，它们无休止的恶意行为使他苦恼。他怀着无法形容的渴望心情，希冀彻底摆脱它们。他经常感到走投无路，忍无可忍。于是便猛烈地向他的迫害者反扑过去，竭尽全力把他们一股脑儿赶出这片土地，并扫除他们麇集的空间，从而至少能在一段时间内比较自由地呼吸，不受烦扰地自在生活。这样就出现了原始人努力清除一切烦扰的行动：通常是大规模的追猎或驱逐妖魔鬼怪。他们认为，只要他们能够驱除了这些可恶的折磨他们的魔难，他们的生活就能有个新的开端——幸福、天真、无邪、伊甸园的故事和古老诗歌中的黄金时代就会重新出现。

理查姆修道院院长身边的魔鬼

公元十三世纪上半叶，在桑瑟尔（Schönthal，在德国）主持西多会①修道院的理查姆院长，经常持续地感觉有许多魔鬼在他周围出没。即使生活在拉布拉多（Labrador，加拿大一个省）冰雪覆盖的海岸线上的爱斯基摩人、圭亚那（Guiana，南美洲国家）闷热森林里的印第安人，以及孟加拉丛林中的印度人，也没有谁具有理查姆院长那样的感觉。理查姆院长在他所著的《玄怪录》（*Revelations*）那本怪书中，陈述了他每日每时遭受的魔鬼的侵扰，尽管他没听见也没看见那些魔鬼。他把他肉体上的不适和精神上的虚弱全部归罪于魔鬼的侵扰。如果他觉得易于激怒，他就确信那是魔鬼在作祟；如果他的鼻子上出现了皱纹，或者嘴唇耷拉下来，他便以为那一定又是魔鬼搞的把戏。如果他咳嗽，流清鼻涕，大声清理嗓子，咳出痰来，也都来源于超自然的神灵和魔鬼之所为。如果这位仪表堂堂的修道院长在一个阳光璀璨的秋天的早晨在自己的果园里漫步时，偶尔俯身捡起头天晚上从树上落下的成熟的果子，那么涌到他紫檀色脸上的血液便是他看不见的仇敌造成的。如果夜里月光把窗棂的影子投射在床前地面上，这位修道院长躺在床上辗转不能成寐时，他绝不承认那是跳蚤之类的东西扰得他不能入睡，他会一本正经地说道："噢，绝不是！它们并不咬我。"它们确实在咬他，但是那都是魔鬼所干的。如果修道院里哪个修道士打鼾，那不体面的声音也不是修道士发出的，而是潜伏在他身上的魔鬼发出来的。抱着这样的见解看待肉体和精神上的一切不适，这位修道院院长开出的治疗处方，当然不能在药典里找到，也不能在任何药铺里买到。院长的处方主要包括圣水和手画十字，他特别推荐后者（即多画十字）是治疗跳蚤咬的特效药。

---

① 西多会（Cistercians），天主教隐修会，1098年建于法国勃艮第地区第戎附近的西多旷野。

妖巫午夜聚会

　　每当五朔节①前夕、圣托马斯节②、圣约翰节以及圣诞节前夕，还有每周星期一那天，人们特别害怕妖巫。那天它们总要到人们家里去乞讨、借取或偷窃一点什么东西；被妖巫拿走哪怕是一片木屑或木块，人便要倒霉，因为它们肯定要用这东西来伤害他。在这些妖巫活动的夜晚，妖巫们骑着灼热的烤面包叉和奶油搅拌器赶到一起聚会。当它们穿过黑暗迅猛飞行时，地上的人无论是谁只要说出某一妖巫的名字，这妖巫就会在一年之内死去。为了抵制和解除妖巫对人和家畜施加的巫法，人们采取了各种措施。例如，他们在上述那几天里，在牛棚的门上放三个十字架，或者悬挂圣约翰草（St. John's wort）、马郁兰（marjoram）或其他同样有效的护符作为防护。村里的年轻人还经常冲入敌人驻地去战斗，他们全体出发，响着鞭子，鸣放枪炮，挥舞燃烧着的扫帚，大声叫喊着以驱赶和吓走那些妖巫。在普鲁士，男女妖巫一年之中总会定期聚集。聚集的地点并不固定。它们一般骑着灼热的烤面包的叉子，或骑坐三条腿的黑马，它们从烟囱上面出发，嘴里念叨着："高高飞去，中途莫停！"它们在妖巫山会合后，就举行盛大的狂欢宴会，先吃喝一顿，然后按着一个老巫师拍打手鼓和猪头发出的激昂的声调，在一根拉紧的绳子上逆时针方向跳起舞来。南斯拉夫人相信，在仲夏节前夜，妖巫会溜到农家庭院的篱笆上叫着：给我乳酪，给我猪油，给我黄油，给我牛奶，把牛皮留给你们自己。这样一来，母牛就会可怜地死去，农民只好把牛肉埋了，把牛皮卖掉。为了防止这种灾祸，农民就在仲夏节的大清早草上还挂着露水时，赶到河边草地收集大量的露水，装在一个不透水的斗篷里带回家中，用它冲洗拴着的母牛。然后就尽量挤奶。这样挤出的牛奶竟多得惊人。

---

① 五朔节（May Day），欧洲传统民间节日，每年5月1日举行，用以祭祀树神、谷物神，庆祝农业收获及春天的来临。

② 圣托马斯节（St. Thomas' Day），圣托马斯·阿奎那（Thomas Aquinas，约公元1225年—1274年3月7日）是意大利中世纪经院哲学的哲学家、神学家，死后被封为天使博士（天使圣师）或全能博士。3月7日他去世的那天被教会定为他的圣人日。

狼　人

　　人们普遍相信：某些男人和女人可以通过魔法变成狼或其他兽类，但是如果伤害了任何这样变成的野兽（狼人或其他兽人），也就同样伤害了变成该动物的巫觋本人。这一信念流传很广，在欧洲、亚洲、非洲都有。例如，奥劳斯·马格纳斯（Olaus Magnus）告诉我们：在他写作前没几年，利弗尼亚①的一位贵妇人和她的奴仆曾就狼人这一话题进行过讨论。她不相信有狼人这种东西，而她的奴仆则坚持说有。为了使她信服，奴仆退回到一个房间里，很快便以狼的形象走了出来。这狼立即被狗追逐逃进森林，困在了那里。它凶猛地同狗打斗，捍卫自己，最终失去了一只眼睛。第二天这个奴仆恢复了人形回到女主人面前，也只有一只眼了。

　　还有一个例子：1588年，奥弗涅山区（Auvergne，在法国）一个小村子里的一位绅士夜间从窗子里看到外面他的一个朋友正出去打猎。他请求这位朋友给他带些猎物回来。他的朋友答应了。这朋友没走多远就遇见一只大狼，他向狼开枪，却没有打中。狼疯狂地向他猛扑，但他严密防卫，灵巧地一挥手中的猎刀，就砍断了恶狼的右前爪。狼逃走了，转眼就无影无踪。他回到这位绅士家里，取出囊中的狼爪。令他大吃一惊的是，那狼爪竟变成了一只女人的手，手指上还戴着一只金戒指。绅士认出那戒指是他妻子所戴，就去找妻子，发现她正坐在火炉旁边，右胳臂藏在围裙下面。她不肯伸出胳臂来，绅士便把那只戴着戒指的断手拿了出来摆在她面前。她马上承认，猎人打伤的就是以狼人形体出现的她。当把断手和残臂接在一起时，两者吻合得严丝密缝，完全证实了她的招认。愤怒的丈夫把邪恶的妻子送上法庭。她受到了审问，作为女巫被焚化了。据传，帕多瓦（Padua，在意大利北部）的街道上整肃治安时抓住了一个狼人，人们砍断了狼的四只爪子，那狼竟立即变成了人，但双手和双脚都被截断了。

还有，法国博斯（Beauce）地区一个农庄里曾经有一个牧人夜间从不在家里睡觉。他的这种夜间外出的习惯引起了人们的注意，并成为大家闲谈的资料。说来真巧，这期间每天夜晚总有一只狼在农场周围悄悄地荡来荡去，还不时可笑地把鼻子伸进大门的猫洞里，因而引起农庄群狗的狂吠。农庄的主人起了疑心，便注意监视。一天夜里，牧人像往常一样走出去了，主人悄悄地跟在他身后，一直来到一个小棚里，只见牧羊人拿出一根宽带子往身上一系，转眼之间牧人就变成了一只狼，径往田野跑去。农庄主人阴沉地笑了笑，回到农庄，拿了一根粗大的棍子坐在门口猫洞旁边守着。没过多久犬吠声鼎沸起来，一只狼鼻子从猫洞里伸了过来。大棍子往下一落，一股鲜血直溅出来。同时门外有声音说道："打得好，我还能再干三年呢！"第二天牧人照常出现，但额上有道创伤，从那以后夜里再也不出去了。

在中国，也有与此类似的信念。下面的一则传说就反映了这一点：松阳（译音——译注）某人到山里捡柴。夜色降临时遇见两只老虎，他慌忙逃命，老虎从后追来；他爬上一棵大树，老虎够不着他。这时，一只老虎对另一只老虎说："如果我们能找到楚屠师（译音），就肯定能捉住树上的这个人。"于是其中一只老虎便去找楚屠师，另一只则守在大树下。没过一会儿，那只老虎带回一只老虎，这只老虎比原来两只老虎瘦些，也长大些。它用爪子一把就抓住了这人的衣服。幸好月色明亮，这人看见了虎爪，便抽出斧头一挥，砍断了一只虎爪。只听一声虎啸，三只老虎全都逃跑了。这人下得树来也回家了。他对村里人讲了这番遭遇，人们自然怀疑上述的那个楚屠师。第二天有人到楚屠师家去看望，却不能见他，因为据说他头天晚间外出伤了手，正卧病在床。大家一合计就向官府告发了他。巡捕赶来包围并放火烧他家的房子，楚屠师从床上爬起来，变成一只老虎，冲出巡捕的包围逃走了。至今没人知道他的去向。

中西里帕斯的托拉查人[2]非常惧怕狼人，即有能力把自己的灵魂变成诸如猫、鳄鱼、野猪、猿、鹿和水牛等动物的人。这些动物四处流转，贪吃人肉，尤其是人肝，而它们的原身却在自家床上静静地熟睡着。这些人要么生来就是狼人，要么就是由于感染而变成狼人。因为只要与狼人稍一接触，即使接触了狼人唾液碰到过的任何东西，就足以使最无辜的人变成狼人。甚至头沾着狼人的头靠过的任何东西，也绝对会使其人变成狼人。对于狼人常处以死刑，但是这一判决须待被告获得公正的审判，其罪行经神裁法确实证明之后方予执行。这种神裁的做法是把被告的中指浸入煮沸的树脂中，如果被告的手指完好无损，便证明他不是狼人；被告的手指如果伤残，则证明他是狼人，便将他带到一僻静处剁成碎片。执行判决时，行刑者自然非常小心避免血溅到身上，因为一旦出现这种情况，行刑者自己肯定就要变成狼人。他们把砍下的狼人头放在他的两条后腿间，以防他的灵魂复活继续为恶。托拉查人非常惧怕狼人，非常惧怕狼人致人死命的感染。他们中有许多人曾向一位传教士郑重宣称：他们即使认出自己的孩子是狼人，也绝不饶他一死。这些人相信有狼人存在，绝不是单纯的行将熄灭或已经消亡的迷信，而是仍在流行的、可怕的信念。他们讲述的狼人的故事竟同我们正在研究的狼人的故事一致。他们说：从前一个狼人以人的身形来到邻人的屋下，而他的原身却跟平常一样在家里躺着睡觉。他柔声地呼唤邻人的妻子，约她第二天到烟草地里相会。妻子的丈夫躺着并没睡着，狼人说的话他全听见了，可他没有告诉任何人。第二天碰巧是村里一个大忙的日子，因为一座新房子要上屋顶，所有的男人都要去帮忙，狼人（我指的是狼人的原身）无疑也在其中。狼人原身站在屋顶上跟大家一样非常卖力地干活，那女人则到烟草地里去了。她的丈夫藏在矮树丛中，悄悄地尾随在她身后。快到地里时，丈夫便见狼人向他的妻子迎了上去，他立即冲上去用一根木棍向狼人打去。顿时狼人变成了一片树叶，但是这丈夫很机警，一把抓住了树叶，将它塞进随身带的一个装烟叶的竹筒子里，把口扎紧，然后拿着它和妻子走回村里。当他俩回到村里时，那狼人的原身仍然在屋顶上同其他人一道干活。这丈夫把竹筒丢进火里，就在此刻，狼人的原身从屋顶上下望并且喊道："别往火里扔。"丈夫从火中取出竹筒，过了一会儿又把它扔进火里，屋顶上的狼人的原身又一次看着下面哭喊道："别那样。"这回那丈夫没再取出竹筒，竹筒很快烧着了，狼人原身也就从屋顶上摔下地来，像块石头似的直挺挺地死在那里。

几年前在托拉查人中还流传着这样一个故事：这事发生在托莫里（Tomori）海湾的索玛拉（Soemara）这个地方。一天黄昏时分，几个人和一个名叫哈吉·穆罕默德的人坐着闲聊。天黑后其中一人因事走出屋外，过了一会儿，这伙人中有一人觉得自己看见晴朗的夜空中挂着一只雄鹿的角，鲜明而清晰。哈吉·穆罕默德举起枪来就向那鹿角开了一枪。一两分钟后，先前出去的那人走了回来，冲着哈吉·穆罕默德说道："你朝我开了枪，打中了我，必须罚你给我一笔钱。"他们在他身上细细地检查，并无弹伤。这时，他们方知此人原来是个狼人，他把自己变成一只雄鹿，自己用舌舔了伤处，治愈了枪伤。可是，子弹却击中了要害，两天之后那狼人便死了。

佩特罗尼厄斯[③]讲过一个古罗马的故事，这故事是通过一个名叫拿塞罗斯（Niceros）的人的口说出来的。一天深夜，拿塞罗斯离开小镇去拜访住在五公里以外的一个农庄上的朋友，他的这位朋友是个寡妇。拿塞罗斯与一个军人结伴同行。那军人身材高大健壮，跟他住在同一屋子里。他们出发时已近黎明，月光却明亮如同白昼。他们穿过小镇外缘，走进大路边很长的一段坟场。那军人找了个借口走到一块墓碑后面，拿塞罗斯便坐下来等他，一边哼着小曲，一边数着墓碑，消磨时光。过了一会儿，他朝四周观看，寻找他的伙伴，他看到的景象吓得他毛骨悚然。原来那军人脱光了衣服，把衣服堆放在公路边，然后对着它们行了一些仪式，立刻变成一只大狼，嚎叫着跑进了树林。拿塞罗斯稍稍镇定后，就走过去捡起那些衣服，不料那些衣服都变成了石头。他惊魂未定，拔出佩剑，刺向月光照射下的每块墓碑的阴影。就这样跟跟跄跄地走到朋友家中。时间那么晚，样子像鬼似的，使他的寡妇朋友大为惊异。她说道："你要是早来一点也许能帮帮忙。有只狼闯进我这院子惊吓了牲口，像屠夫似的咬得它们浑身是血，不过他也没能轻易地逃走。仆人用矛刺中了它的脖子。"听了这些话，拿塞罗斯感到不能无视这一事实。于是他便匆匆忙忙地赶回自己家中。这时天已大亮。但是当他来到那些衣服变成石头的地方，发现那里只有一摊血水。回到家里，那军人躺在床上，像屠宰场里的一头公牛，医生正在包扎他的脖子。"我明白了，"拿塞罗斯说道，"这人是个狼人，我再也不同他一块吃饭了，杀了我，我也不干。"

---

① 利弗尼亚（Livonia），波罗的海东岸地区，立陶宛以北，包括现在拉脱

维亚和爱沙尼亚大部地区。

② 中西里帕斯（Central Celebes），即印度尼西亚的中苏拉威西省。托拉查人（Toradja）为中部高地原住民，意为"山里的人"。

③ 佩特罗尼厄斯（Petronius），公元前一世纪罗马讽刺作家。人们常称他为仲裁者佩特尼厄斯。

灵魂寄存体外

在南尼日利亚奥班（Oban）地区的埃科伊人（Ekoi）[①]中，常常会听到有人说到某某人（或男或女）附在某某动物身上。那话的意思是说某某人具有变成某一特定动物的形象的能力。他们坚信，通过不断的实践，凭借某种遗传的奥秘，人能退出自己的身躯而换成一只野兽的身形。他们认为，除了赋予人生命的灵魂之外，每个人都还有一个可寄存于体外的灵魂，时时可以让它进入它所附着的"生物"的体内。当他希望他的第二灵魂离体漫游时，他就喝一服有奇异魔力的药，这种药传自远古，有些就藏存在古代专门准备为此目的而用的土钵中。人只要喝了这种魔药，他的第二灵魂马上就离开他的原身，从镇上飘然进入树林，而不为人们看见。在林中树阴下，灵魂安全地胀大起来，换上它所附的野兽的身形，它可能是大象、豹子、水牛、野猪或鳄鱼。自然，某人要变成的动物形象的种类不同，他所服的魔药也因之不同。要想用变成大象的药来变成鳄鱼，那是荒诞的、不可能的。

这种人临时变成野兽的最大好处是，其人变成野兽形体后对仇人进行惩罚时，不会被人怀疑。譬如，若对某富裕农场主有仇，只须黯夜变成一头水牛、大象或野猪，踏平他的全部庄稼，就能达到报复的目的。这就是为什么在耕种良好的大农场附近人们宁愿让自己的第二灵魂附在水牛、大象以及野猪身上的缘故。因为这些动物是毁坏邻人庄稼最方便的工具。由于奥班周围的农场既小又管理不善，就不值得费那麻烦变作水牛或大象，去毁掉少得可怜的马铃薯或玉米秸之类无甚价值的东西以泄小小的私愤。因此奥班人将第二灵魂寄附在豹子和鳄鱼身上。虽然这些动物对于毁坏邻人庄稼这一目的用处不大，但是对于杀掉仇人再吃掉他的血肉这一目的是很好的。不过这种能力有一严重的缺点，即在你变回人身之前，在野兽的形体下，很容易受到伤害，甚至被人杀死。

这类惊人的事例不久前就在离奥班只有几里地的地方发生过。要理解它，就得了解距离奥班大约10英里（约合16千米）的奥多多普（Ododop）部族②的酋长们每当外出漫游时，总是把自己的第二灵魂寄附于水牛身上。有一天奥班地区长官看见一头水牛走到流经他家花园的小溪边喝水，他就开枪射击，打中了它。那牛负着重伤逃走了。就在此刻，奥多多普的酋长用手捂着肋部说："他们在奥班杀害我。"水牛并没有马上死去，在树林中它痛苦地苟延了两天生命。然而就在它的尸体被追踪者发现前一两小时，酋长断了气。临终前他以令人感动的关切话语告诫所有将自己的第二灵魂寄附于水牛身上的人们，要从他的悲惨命运中吸取教训，千万不要走近奥班，因为那地方对他们不安全。

自然，时常把自己的第二灵魂寄附于野兽（如野牛）身上的人，不会愚蠢地去射杀这类野兽，因为如果这样，他就可能自己杀害了自己。但是，他也有可能杀了别人寄附灵魂的动物。譬如，一个把自己第二灵魂寄附于野牛身上的人，可以随意射杀羚羊或野猪。这样做了之后，他又怀疑那死兽可能是他朋友第二灵魂附寄的动物。于是他就得对该尸体进行一定的仪式，然后以最快速度跑回家去，用一种专门的药给他无意中伤害的朋友医治。这样他才有可能及时地挽救他朋友的生命。

---

①②属西非班图族系统。

厄斯特瑞尔

在保加利亚，牧民们受到一种叫作厄斯特瑞尔（Ustrel）的吸血鬼的侵害。厄斯特瑞尔是一个基督教孩子的灵魂。他在一个星期六出生，不幸在受洗礼之前就死了。在被埋葬后的第九天，他在坟墓里挖了一条道，从里面出来，袭击了家畜，整夜吸它们的血，黎明时便返回坟墓休息。过了十天左右，他吮吸的大量血液使他的体质十分强壮，能够跑更远的路程。因此，当他遇见大群牛羊时便不再在夜间返回坟墓休息、恢复精神，白天便寄寓在健壮小牛或公羊的犄角里，或在乳牛的后腿之间。那些被他吸过血的家畜当天夜里就死了。凡是他盯上的家畜，总是挑最肥的先吃，依次吃到一个不剩。待那些尸体胀大起来，剥去其皮毛，便现出被那怪物吮吸其血的青黑色伤口。一个晚上他就可以这样杀死五头乳牛，但也极少超过这个数字。他能够很容易地转变自己的形体和重量。例如，白天他坐在公羊的两角之间，公羊几乎感觉不到他的重量，而夜间他常常猛扑到公牛或母牛身上，压得公牛、母牛动弹不得。牛哞哞地叫得那么可怜，让人听了心碎。

凡在星期六那天出生的人都能看得见这些吸血鬼，并能对他们做精确的描述。他们的存在是无可怀疑的。因此，对农民来说，保护好牛羊不受这些危险的吸血鬼的蹂躏是个很重要的问题。具体的做法是：星期六早上日出之前，村里的鼓手发出信号，让每户人家全都熄灭炉火，连烟也不要吸。接着进行如下的仪式：除了鸡、鸭、鹅之外，把所有家养的动物全都赶出村外。两个男人走在羊群和牛群的前面。在整个仪式进行期间，村里人不得叫出他俩的名字。这两个人走进树林后，脱去身上的衣服，捡拣起两根干树枝，使劲地摩擦生火，点起两堆篝火，放在豺狼经常出没的十字路口两旁。然后，赶着牛羊从两堆篝火之间走过。接着就把篝火烧成的木炭带回村里，用它重新点燃各家的炉灶。

在那之后，一连好些日子人们不得走近十字路边燃烧过的篝火的灰烬，原因是当牛群被赶着从那两堆篝火之间走过时，原来坐在牛角间的吸血鬼便掉了下来，还一直躺在那里。如果这些天里有人走过这地方，吸血鬼肯定会叫着他的名字，跟在他身后进入村里。如果让吸血鬼留在那里，夜间狼会来将他勒死，几天之内牧羊人便可看到地面浸透着他的黏糊糊的血迹，这就是吸血鬼的下场。保加利亚的这一习俗清楚地勾画出净火乃是家畜（牛羊）和危险的精灵之间的屏障这一概念。该精灵骑着乳牛来到两堆篝火之间的狭窄通道，被灼热的火蒸得晕死过去，从鞍上，更确切地说，从犄角上掉了下来。于是家畜便摆脱了吸血鬼，平安无恙地走出浓烟和火焰，任凭迫害它的怪物远远地昏厥在福佑屏障另一边的地上。

幽灵寄居树内

北美希达察印第安人①相信每一自然物体都有灵魂，或者说得更准确些，都有幽灵。对于这些幽灵应当尊重或尊敬，但不都是一样的。例如，人们认为白杨——密苏里流域上游最高大的树——的幽灵具有才智，如能恰当地对待，会对印第安人的某些事业有所帮助。但是灌木和禾本科植物的幽灵则价值不大。春天，洪水暴涨，密苏里两岸部分河堤被冲决，一些大树被激流卷走。据说当树根还紧攀着大地时，树的幽灵就哭开了，一直哭到树干砰然倒入激流之中。从前，印第安人认为砍伐这样的一棵大树是错误的。当需要圆木干材时，他们就使用那些自己坍倒的大树。直到最近，一些容易轻信的老人还声称，他们同胞的许多不幸是现代人无视白杨生存权利之所致。易洛魁人②相信，每一种树、灌木、植物和香草，都有自己的幽灵。他们的习俗是要对那些幽灵表示答谢。

东非的瓦尼卡人（Wanika）以为每一棵树，尤其是椰子树，都有自己的幽灵。凡毁坏椰子树的行为都被视同弑母一样的罪行，因为是树给了人们生命和营养，就像母亲对自己的孩子一样。在斐济的亚萨瓦（Yasawu）群岛上，人们要吃椰子之前，总是先向椰子乞求说："我能吃你吗？我的主！"

在不列颠哥伦比亚的汤普森③印第安人中，年轻人在食用当季新长的向日葵根之前，总是这样祷告说："敬告树灵，我要服用您的灵根了，请您帮助我攀登，能够爬上高山峰顶。您是神灵中最伟大的神灵，求您保佑我矫健康宁！"如果不经祷告就吃，人会变得懒惰，早上贪睡不醒。虽然没听人说过，但是我们不难猜想：这些印第安人认为向日葵是太阳每天早上准时升起、爬上山顶的动力。因此人们以合适的礼仪吃了向日葵，自然都能获得与之相同的能力。

达雅克人④认为树木有灵，不敢砍伐老树。有些地方，老树被风刮倒后，人们便把它扶起来，并在树上抹血，悬挂旌旗，表示"对树灵的抚慰"。

暹罗的和尚相信处处有灵魂，毁坏任何一样东西，都是强行逐杀一个灵魂，就像不弄折一个无辜者的胳膊一样也不折断一根树枝。

按照中国人的信念，草木之灵从来不具草木形态，而常具人形或兽形（如牛、蛇之类）。譬如，有时伐倒一棵大树，便见该树的神灵以公牛的形态冲出树身。

在中国直到今天人们还明显地相信树精能危害于人。福建省南部地方禁止人们砍伐大树和粗大的树枝，恐怕激怒了住在里面的树精，给砍树者本人及其邻居带来疾病和灾难。特受尊敬的是该地区最大的树木榕树，或名大青树。在厦门，有些人甚至对种树也表示憎恶。当所种的树长到跟人的脖子那么粗大时，该树的精灵肯定就要把种树人掐死。有关这一奇怪的迷信我们从来没有得到任何解释。这在一定程度上可能说明该地区何以如此无视林业的原因。那地方除了天然生长的一些树木外，根本无人植树。

在埃及可耕地的边缘地带，甚至尼罗河附近地区，到处可以看到优美的榕树，枝繁叶茂，亭亭玉立，真是沙壤中的奇迹。它们的葱茏翠绿与周围一片黄褐色的景观形成了强烈的对照，即使夏天正午的骄阳也透不过它们浓密的树阴。它们之所以葱郁青翠，其秘密就在于它们的根部深深地扎入地下，伸进大河渗泄的涓涓细流之中。古时候，埃及各阶层的人们都尊奉这些树为神圣，定期向它们朝贡，进献无花果、葡萄干、黄瓜、蔬菜，并且由慈善的人们每日供奉用陶罐盛满的清水。天气酷热时，行人路过此处，便喝罐中的清水来解渴，然后向榕树祝祷致谢。赋予这些美好大树生命力的神灵通常藏身树内不为人见，有时也露出头部或整个身形，随即又缩了回去。刚果人在一些树的树根旁放好一些用葫芦装着的棕榈酒，供那些树在干渴时饮用。

---

① 希达察（Hidatsa），居住在美国密苏里河岸的印第安部族，属于苏族的一支。

② 易洛魁（Iroquois），主要居住在加拿大安大略省南部、魁北克省及美国纽约州北部的印第安部族。

③ 不列颠哥伦比亚（British Columbia），加拿大西部省份，汤普森（Thompson）河流域里分布着很多印第安人部落。

④ 达雅克人（Dayaks），东南亚加里曼丹岛（属于印度尼西亚、马来西亚和文莱，旧称"婆罗洲"）的土著民族。

塞德娜

深秋季节，爱斯基摩人居住的大地上空狂风呼啸，吹开了刚刚冻结的海面上的冰链，大片浮冰互相撞击着，碎裂之声砰砰不绝，相挤相挨，重重叠叠，又逐渐堆积起来。这时，巴芬岛①的爱斯基摩人以为他们听见了栖息在充满灾难的空中的精灵的声音。死人的亡魂疯狂地敲着人家小屋的门，进去不得。如果有人不幸被这些鬼魂捉住，马上就会生病死去。一个无毛的巨犬的幽灵在追逐活着的狗，活狗一见了它就惊厥痉挛而死。无数的妖精全都出动了，它们竞相给爱斯基摩人制造疾病、死亡和恶劣天气，并且使他们狩猎无获。

所有这些前来侵扰的精灵中最可怕的是冥后塞德娜（Sedna）和他的父亲——爱斯基摩人死后都落在她父亲的手中。别的妖精都是从空中或水上前来，而塞德娜却是从地底下钻出来。因此，这正是巫师忙碌的季节。人们可以听见家家户户都有巫师在念经祈祷。他们坐在屋内幽暗神秘的地方念咒驱鬼，只有一盏微弱的灯光，昏黄朦胧。最艰巨的任务是驱赶塞德娜，那是要最有法力的巫师去完成的。一间大屋内，地上盘着一卷绳子，绳子一端留着一个小口，代表一头海豹出气的洞。两个巫师站在小口旁边，其中一个手持长矛，好像正在注视冬天海豹出气的洞口一样；另一个巫师手拿钩线；第三个巫师坐在屋后面唱诵咒文，引诱塞德娜来到这里。这时，能够听出她正从小屋的地底下走过来，还沉重地喘着气。很快她便从小洞中冒了出来，接着便被钩住了。她怒气冲冲连忙转身逃走，身上拖着钩线。那两个巫师尽力拉住钩线往回拖。斗争非常激烈。

最后，她拼命奋力一挣，终于挣脱了钩线，逃回她的住处阿德里芬（Adlivun）去了。巫师们从小洞抽出钩子，上面溅满了鲜血。他们骄傲地向人们展示那钩子，证明自己的本领多么了不起。就这样，塞德娜和其他妖精都被赶走了。第二天，老老少少都来参加盛大集会，庆祝这件大事。但是，他们仍须小心在意，因为受伤的塞德娜暴怒未已，如果发现屋外有人，就会把人捉住。因此，人人都在头巾外面戴上护符，以免受她侵害。那些护符都是用他们出生后穿的第一件衣服做的。

---

① 巴芬岛（Baffin Land，一译"巴芬兰"），加拿大第一大岛，世界第五大岛屿，位于北极圈内。

熏逐妖巫

　　史前时期，中欧和北欧未开化的初民深信巫觋危害于人的能力和活动。今天非洲的黑人和世界许多地方未开化的土人也是这样。在那些邪恶的巫觋总是与我们的祖先同在的时代，一年之内总有一定的时节被认为是他们特别肆虐的日子。因此，相应地，总得采取一些特别措施来对付他们。这样的时节，有从圣诞节到主显节①之夜的那十二天，圣乔治节②前夕、五朔节前夕（华尔普吉斯节之夜③），以及仲夏节前夕，等等。

　　在中欧，华尔普吉斯节之夜和仲夏节前夕，与其他时节相比，显然更是妖巫肆虐最厉害的时候。所以，在那些节日里，人们很自然地要加强防卫；不只是消极地防御，而且要勇敢地直捣妖巫的巢穴，把那伙危险的东西赶走。在那些严峻的会战中，人们使用那些可以战胜肉眼看不见的魔鬼的武器，如圣水、神香或别的燃料，还有各种喧嚣的声响，尤其是金属器械的撞击声，而教堂的钟声则最为灵验。直到近代，农民中仍有人采取这些强有力的手段，而我们却似乎没有理由认为随着年代的推移，它们的巫术性能也随之消失。

　　蒂罗尔和其他一些地方把在这个季节驱逐妖邪的举措称为"熏逐妖巫"。具体日期是在五朔节那天，但提前多日就开始忙着准备了。在一个星期四的午夜，人们便用红黑斑点的铁杉、续随子、迷迭香，以及黑刺李树的细枝等带有树脂的小片木材捆成许多火把，待到五朔节那天点燃。四月末尾的最后三天，家家户户都大搞清洁扫除，焚烧杜松子和芸香，进行熏燎。五朔节那天，在夜幕刚一降临、晚钟长鸣时，"熏逐妖巫"的仪式便立即开始。男人和孩子们甩着响鞭，敲打着铃铛和盘罐之类；妇女们则捧着香炉。所有的狗全都放了出来，它们四处奔跑，大声叫着。待到教堂的钟声敲响，人们便点起长竿上绑着的火把，同时焚起香来。于是各家的门铃和用餐的铃铛也都随之齐鸣，敲盘击罐，众犬狂吠，人人必须发出一种喧闹声响。在这样一片喧嚣声中，人们扯着嗓子齐声高呼："妖巫赶快滚蛋，否则绝没好下场。"

接着便围绕整个村庄以及人家的房子和庭院跑上七圈。这样，便算把妖巫从潜藏之处用烟火熏将出来，驱逐走了。

---

① 主显节（Epiphany），又称"第十二夜"是一个天主教及基督教的重要庆日，东正教中称为"洗礼节"，定于每年的1月6日，以纪念耶稣基督在降生12天后受洗，并首次显露给外邦人（指东方三贤士）。

② 圣乔治节（St. George's Day）定于每年4月23日。圣乔治是天主教圣人，约公元三世纪末出生于古罗马，传说中他杀死了一条危害人间的毒龙而被视为英雄，是英格兰的主保圣人。情人们在圣乔治节这天会互换礼物，男孩子送给女孩子鲜花，女孩子送男孩子书籍作为回报，因此也被称为

玫瑰花与图书日。1995年，联合国教科文组织将这一天命名为世界图
书日。
③ 华尔普吉斯节之夜（Walpurgis Night），根据德国民间传说，4月30日，
即五朔节前夕，女巫们在布罗肯峰（Brocken）聚会，与魔鬼一起狂欢。

海中精灵

　　著名的阿拉伯旅行家伊本·巴图塔①记述了马尔代夫群岛上几位可靠的土人（都记录了姓名）对他说过的这一故事：

　　当岛上居民还崇拜偶像的时候，他们那里每月都有一个邪恶的精灵出现。那精灵是从海上过来的，来时像一艘灯火通明的船只。人们远远看见它来了，便赶快把一位年轻的姑娘穿戴打扮起来，领到岸边一座未开化人的殿堂里。那殿堂有一个窗口朝向大海，他们便把少女一个人留在殿内过夜。第二天早上去看时，少女早已身亡。大家每月抓阄，抽到的人就得把自己的闺女送给海中精灵。

　　后来有一天，有一个名叫阿布尔柏里卡特（Abu'l berecat）的柏柏尔人②来到他们那里。此人熟谙《古兰经》，寓居在马哈尔岛上一个老妇人家里。一天，他拜访这位女主人，发现那老太太全家都聚集在那里，妇女们哭得非常伤心，好像死了人送葬似的。他询问缘由，才知道这个月抓阄，落到了这老妇人身上，她唯一的爱女要死在那邪恶精灵的手中了。阿布尔柏里卡特对这老妇人说道："今晚由我替代令嫒去吧。"他脸上没有胡须，晚上沐浴更衣后，人们便把他送到那座岸边殿堂里去了。他端坐在那里，口里念诵着《古兰经》。不久精灵来了，站在窗外，他仍继续念经。那精灵一听到他念的神圣经文，马上就栽进海里去了。天亮后，那老妇人和她全家以及岛上的人们都来到殿里，按照那里的习俗要抬回少女，火化她的尸体。他们发现这位外乡人还在那里念诵经文。他们就把他领到岛王面前，让他向岛王讲述夜里发生的怪事的经过。岛王名叫陈诺拉扎（Chenonrazah），听了之后，大为惊异。这位柏柏尔人建议岛王信奉伊斯兰教。岛王对他说道："你在我们这里再住些时日，待到下个月，如果你还能做到这次所做的奇迹，不受邪恶精灵的侵害，我便皈依。"

这位外乡人就同那些偶像崇拜者住在一起，真主开导了岛王的心胸，让他接受了真正的真理。一个月的日子尚未过去，岛王便皈依了伊斯兰教。他的妻子、儿女和宫廷里的人，也全都成了穆斯林。到了下月初，这位柏柏尔人又被领到那海岸边的殿堂里。他坐在里面念诵《古兰经》直到天亮，妖精始终没有出现。于是岛王和他的臣民便砸碎了殿里的偶像，拆毁了那殿堂。全岛居民都皈依了伊斯兰教，并且派出使者到邻近各岛宣讲此事，那些岛上的居民也都皈依了伊斯兰教。

过去，由于海上妖精的缘故，马尔代夫群岛的一些岛屿，在其居民皈依伊斯兰教之前，人口大为减少。伊本·巴图塔来此之前并不知道这些情况。一天夜间他出门办事，忽然听见人们大声说道："除了真主外，别无真神。""真主是伟大的。"孩子们头上顶着《古兰经》，妇女们敲打着铜制的盆和钵。他感到非常惊异，便问人们："出了什么事？"人们说："您没有看见海面吗？"他向海面望去，看见黑暗中好像有一只大船，船上灯火通明。人们对他说："那就是妖精。正是它每月要出现一次。但是，当我们做了您刚才看见我们所做的那样以后，它便转身回去，不再危害我们了。"

---

① 伊本·巴图塔（Ibn Batutah，公元1304年—1377年），阿拉伯旅行家。
② 柏柏尔（Berber），北非信仰伊斯兰教的一个民族。

第三部分

奇特有趣的习俗

医生和他的病人

　　某些形式的巫术的一个重大优点是它在施术者身上施术，眼看着施术者痛苦万状，而病人的疾病、苦痛与不便全都痊愈了。例如：法国珀奇（Perche）地方的农民以为病人之所以持续地呕吐痉挛，是由于（如他们所说的）胃在腹内脱了钩掉下来所致。因此，便请医生来将它复还原位。听说了病人的这一症状之后，医生立即做出极其可怕的扭曲动作，使自己的胃也脱钩。做到这一步之后，接着又做出另一系列的扭曲动作和愁眉苦脸的表情。这时候，病人便相应地感到病痛解除了，还付给医生五个法郎的费用。

　　同样，达雅克人的巫医被人请去治病，一到便躺下来，假装死了。于是他便被当作尸体，用席子裹着，抬出屋外，放在地上。大约一小时后，另一位巫医赶来，解开这假装的死人，把他救活。随着假装的死人的复苏，真正的病人同时也痊愈了。

　　狄奥多西一世①的宫廷医师，出生于波尔多②的马塞勒斯，在其奇特的医务活动中曾经根据某种巫术原则治疗过肿瘤。他的做法如下：取一支马鞭草的根，横断切开，一头绕在病人脖子上，另一头放在烟火上。等马鞭草烤干时，肿瘤也干缩消失了。如果日后病人对这位好医师竟然忘恩负义，医师可以很容易地予以报复。他只需把马鞭草投进水中浸湿，肿瘤随即复发。那位博学的作者还介绍说，如果你因长了粉刺而苦恼，可以观看陨星。当陨星在天空飞过时，马上用布或者手头现有的任何东西揩拭粉刺，随着陨星从天空坠落，你身上的粉刺也就同时脱落了。不过要注意：切勿光着手揩擦，否则，粉刺便都转移到手上去了。

---

① 狄奥多西一世（Theodosius，约公元346年—395年），罗马将军，后为罗马皇帝（公元379年—395年）。
② 波尔多在法国西南部，加龙河入海处附近地区的海港。

黄疸病的治疗

古代印度人用一种精心安排的仪式治疗黄疸病。其主要意图是想把黄色从病人身上转移到有黄色的生物和黄色的东西（如太阳光）上去，并且把健康的红色从有生命的精力旺盛的根源（如红色公牛）转移到病人身上。巫师怀着这种意图，念着如下咒语："让你的心痛病和黄疸病都飞到太阳那里去吧，我们将用公牛的颜色把你包起来！我们把你包在红颜色中，使你延年长寿。你将从黄色之中解脱出来，身心无恙！罗希尼（Rohini）是奶牛之神。所有的奶牛都色泽鲜红。我们将把你包裹在她们整个的形体和力量之中。我们一定要把你的黄疸病转给鹦鹉，转给画眉，甚至转给那黄色的鹡鸰。"

巫师一面口念咒语，一面让面色灰黄的病人啜饮混有红色牛毛的水，旨在将健康的玫瑰色注入病人身上。巫师还将水泼在公牛背上，让病人接饮，并且让病人坐在一张红公牛皮上，还把一块牛皮绑在他身上。为了彻底除去黄斑，改进病人肤色，巫师还采取进一步措施：用郁金或姜黄（一种黄色植物）制成黄色稠汤，从头到脚涂抹在病人身上。让病人躺在床上，床脚套着一根绳子，绳上拴着三只小鸟：鹦鹉、画眉和黄鹂鸪，然后用水冲洗病人全身，随着黄汤的涮尽，黄疸便转到那三只小鸟身上去了。继此之后，巫师又用金色树叶包装一些红公牛毛，粘在病人身上，为病人的皮肤做最后一次的增色。

古代的人们认为黄疸病人如果仅仅盯视一只石鸻，而那石鸻也紧紧盯着他，他的病就好了。普鲁塔克[①]指出："这种鸟的本性和气质就是这样，它能够通过目光使这种病像光线似的从病人身上射出并进入它的体内。"贩卖小鸟的商人们深知石鸻的这一宝贵价值，每当得到一只石鸻到市上出售时，总是仔细地把它遮盖起来，以防黄疸病人偷偷注视此鸟，不花分文就治好了病。石鸻的可贵之处，不在于它的羽毛颜色，而在它那双金黄色的大眼睛。如果此鸟不能逃过人们把它误认为一丛黄色苔藓的观察，其原因就是它那双金黄色大眼睛最容易引起搜寻者注目。而由于害怕被人发现，它总是喜欢畏缩在地面沙砾之中。它的淡褐色羽毛与沙砾的颜色浑然一致，只有有经验的捕鸟者才善于捉到它。普林尼[②]谈到过另一种鸟，也许是这同一类的鸟，希腊人称之为黄疸病鸟，因为黄疸病患者一见到它，那病便离开了患者而转移到该鸟身上并使之死亡。普林尼还提到过一种能治疗黄疸病的石头，因为这种石头的颜色跟黄疸病患者皮肤的颜色很相像。

现代希腊人称黄疸病为金色疾病，而且很自然地可以用黄金把它治愈。要达到完满的疗效，只需用一块黄金（最好用一个金镑，因为英国的金币含金最纯）浸在酒里，把酒放在夜间星空下暴露三天，然后每天喝此酒三盅，直到喝完为止。这时，黄疸病便从病人体内彻底清洗了出去。这种治疗方法，就其最严格的意义来说，是很有疗效的。

---

① 普鲁塔克（Plutarch，约公元46年—120年），古希腊传记作家和散文家，其代表作《名人列传》为世人传诵。
② 普林尼（Pulinius，公元23年—79年），罗马博物学家、作家。

牙疼疗法

在艾莱岛①的夏洛特港附近格伦·莫尔海峡处，可以看到一块巨石。传说谁要是能将一根钉子钉进此石，便不会再牙疼。若干年前，艾莱岛上一位农民向调查者讲述了这样一个故事：

一个路过此处的外乡人将一根马蹄钉钉入厨房的门楣，从而治好了他祖母的牙疼，同时告诫他祖母要让那钉留在门楣中，万一那钉松动了，就用锤子把它钉紧。从那以后，祖母一生都没再牙疼过。在布伦斯威克②，任何人都可以按自己的心意用钉子把自己的牙疼病钉入墙内或树身，两者都可以治好他的牙疼。

在博斯③和帕彻④两地，牙医治疗牙疼的方法，总是把一根新钉子放在病人的疼牙上，然后拿出钉子敲进门楣、桁梁或搁栅中去。北非土人治牙的方法也与此相似。人们在墙上写出几个阿拉伯数字，然后病人将手指放在疼痛的牙上，旁边的人便用锤子将第一个阿拉伯数字轻轻敲入墙内，同时念诵一节《古兰经》。接着问病人牙还疼否。病人如说不疼了，便把钉子完全拔出来。病人如说还疼，就用钉子再把下一个数字钉进墙内，如此继续，直到牙不再疼为止。而这样做，牙疼或早或迟总会好的。

① 艾莱岛（Islay），属于英国的一个岛屿。

② 布伦斯威克（Brunswick），德国下萨克森州内的一个地区。

③④ 法国西北部地区。

巫术偶像

古代巴比伦人常用泥土、树脂、蜂蜜、油脂或其他柔软材料捏成自己仇人的形象，将它焚烧、埋葬或损毁，借以伤害或杀死其仇人。有一篇向火神努斯库①的祈祷词这样写道：

> 有人塑造我的形象，伪造我的容颜，
>
> 窒息我生命，毁坏我发肤，
>
> 撕裂我衣裳，伤残我双足。
>
> 求神多保佑，解除此妖术。

这一古代迷信的工具，掌握在邪恶者手中为害甚大。但在埃及和巴比伦，它却成了击溃恶魔的极好的手段。我们在巴比伦的一张符咒中看到一长串恶魔的名单，巫师烧毁了那些恶魔的偶像，希望随着这些恶魔偶像的毁灭，这些恶魔也一同毁灭而永远消失。

每天夜晚，太阳神拉②在西天晚霞中落下，回到自己家中以后，总是受魔王阿佩皮③率领的群魔的袭击。他彻夜与群魔战斗。有时大白天里，黑暗之神也放出乌云，布满埃及蔚蓝的天空，遮掩太阳的光辉，削减他的威力。为了支援太阳神每天这样的战斗，底比斯④的太阳神殿里每天都举行一种仪式。人们用蜡制出阿佩皮的偶像，样子像一只鳄鱼，或者像一只盘绕成圈的巨蛇，脸相丑恶。偶像上用绿色墨水写着阿佩皮的名字，装在莎草纸做的箱子里面，箱子上也有绿色墨水画的阿佩皮像。人们用黑发绑扎着蜡制的偶像在石刀上拍打砍劈，然后扔到地上。祭司用左脚反复踩踏它，最后扔进用一种草木燃起的火中将它焚毁。这样有力地处置了魔王阿佩皮之后，对它部下的主要群魔以及它们的父母子女，也都制有蜡像，照样捆绑、砍砸，付之一炬。进行这一仪式的过程中，同时还念经诵咒。这种仪式不仅早、午、晚反复进行，而且只要乌云蔽天、暴风雨降临时，也都举行。黑暗、乌云、风雨等恶魔，在它们各自的偶像受到伤害时，即同样受伤消亡，至少暂时如此，于是仁慈的太阳又再次胜利地照耀在天上人间。

---

① 努斯库（Nusku），苏美尔神话中的火神。

② 拉（Ra 或 Rah），古埃及的太阳神。

③ 阿佩皮（Apepi），古埃及的黑暗之神，相传为一条大蛇。

④ 底比斯（Thebes），埃及南部的古代城市。

瞎猫及其他生物的巫术效应

如果一个南斯拉夫人想要在市场内行窃，他只须把一只瞎眼的猫烧化，取一小撮瞎猫的骨灰撒在正在跟他讨价还价的货主身上，其人马上就变得跟瞎猫一样，他可以随心所欲地从货主的摊子上拿走自己喜欢的东西，货主却视而不见。小偷甚至可以大胆地问货主："我付给你钱了吗？"那被骗的货主则答道："当然，你已付过钱了。"

澳大利亚中部土人想要蓄起胡须时，也采取与此同样简单有效的做法。他们用带尖的骨头戳刺下颌，然后用一根魔棒或磨砖在颌上细心地拍打。后者代表长有很长的胡须的一种老鼠。这些长须的特性自然会转入这些代表长须的魔棒或磨砖，因而也就很容易地转移到其人的下颌上，从此便长出浓浓的胡须，很是美观。一帮土人杀死某个仇敌归来，恐怕仇敌的鬼魂在他们睡梦中进行报复，便各自在头发里插一节鼹鼠的尾巴尖子。因为鼹鼠是夜间活动的动物，彻夜不眠，人只要插一节鼹鼠尾尖在头发里，夜间便也清醒不寐了。

在澳大利亚中部的翁马杰拉（Unmatjera）部族里，人们用鼹鼠尾尖来实现与此相同的目的，并且把这种巫术感应的连锁更延伸了一节。一个男孩动过手术之后，孤单一人躺在丛林中养息，这时，不是这个男孩本人而是孩子的母亲头戴鼹鼠的尾尖，这样孩子夜里就会警醒，而免遭蛇蝎之类的伤害。古代希腊人以为吃了不眠的夜莺的肉，就会使人无眠，用鹰的胆汁抹在老年人的老花眼上，就会使其视力像老鹰的一样锐利。用大乌鸦的蛋涂抹头发，就会使人银白的头发变得乌黑。只是凡采取这一做法来掩饰自己头上岁月消逝的痕迹的人必须特别小心：用乌鸦蛋染发时，自始至终嘴里一定要满含脂油，否则满口牙齿跟头发一样也将变得乌黑，无论怎样揩擦刷洗都不能恢复洁白。这种乌发剂实际上是永不褪色的，使用的结果往往超过实际需要。

墨西哥的珲科尔（Huichol）印第安人喜爱蛇背上的美丽花纹。因此，他们的妇女要编织或刺绣时，他的丈夫就捉来一条大蛇，用一头剖开的棍棒将蛇夹住，拿在手里，让她用手从头到尾抚摸蛇的背脊，然后又用这双手抚摸自己的额头和眼睛，这样她就能在她的织物上编织或刺绣出跟这条蛇背上的花纹同样美丽的图案来。

寿 衣

为了确保长寿，中国人曾求助于某些复杂的法术。这些法术本身集中了从时、日到季节，从人到物的各种巫术的精髓。传输这些福佑感应的媒质没有比寿衣更好的了。许多中国人在活着的时候就准备好了寿衣，绝大多数人则请未婚姑娘或很年轻的妇女为他裁剪缝制。他们很聪明地考虑到她们年方少艾，未来寿命很长，她们长寿的性能肯定会有一部分传入她们制作的寿衣，因而将使它延迟多年才能真正用着。另外，凡寿衣都选择在有闰月的年份里制作。因为在中国人心目中闰月时日长，选此年份做出的寿衣显然也具有延年益寿的能力。这类衣服中，有一种长袍制作得最为精致，目的在于赋予它这种最珍贵的品质。那是一种深蓝色的长丝袍，上面用金色丝线绣满了"寿"字。中国人认为，向上了年纪的父母献上这样一件豪华的"寿袍"，是子女敬爱和孝顺亲长的行为。由于这寿袍能使主人延年益寿，所以老人经常穿着它，尤其在喜庆节日穿着它，希望这闪耀着金色寿字的长袍所具有的延年益寿的功能在老人身上充分发挥作用。特别是在他的寿诞那天，老人总是记着穿上它。中国人通常祝福一个人在生日那天蓄养大量精力并在其后的一年里转化为健康和活力。穿着华丽的寿袍，全身都吸取着它散发的福气，愉快的老寿星心满意足地接受亲友们的祝贺。亲友们对其华丽的寿袍和其子孙的孝道热情地称羡，赞扬他们的儿孙们在孝道的促使下向自己的老人献上了如此漂亮有益的厚礼。

中国人求雨

　　中国人擅长袭击天宫。譬如，一旦干旱缺水，他们就用纸或木头做出一条巨龙来象征雨神，抬着它列队游行。如果老天仍不降雨，他们就咒骂这条假龙并把它扯得粉碎。他们还恫吓甚至鞭打雨神，有时公开废黜它作为神祇的名位。如果人们求雨得雨，皇帝就会对雨神加封晋秩。

　　据说，清代第五位皇帝嘉庆统治期间，华北各省长期干旱，赤地千里，龙王爷铁了心肠，滴水不降，多次求雨，毫无效验。最后，嘉庆皇帝忍无可忍，降诏贬黜了这位逆神，永远放逐于伊犁河畔的图高特[①]。圣旨一下，立即执行。逆神当即被褫夺神位，递解经鞑靼沙漠赴西陲突厥斯坦边境服刑。北京的大理寺卿，出于怜悯之心，跪求皇帝陛下开恩予以赦免。皇帝俯允所请，遣使快驿追回执刑人员，恢复龙王原职，令其恪尽职守，以观后效。大约1710年间，南京省的崇明岛[②]遭受干旱。该省总督按往常做法向当地神祇焚香求雨无效，便传谕该神，限令某日某时必须降雨，否则将夷平其庙宇并将它驱逐出境。执拗的神灵未予置理，限令时日已过，仍然滴雨未降。总督十分恼怒，下令封闭该神庙宇，禁止士民再向此无情无义的神祇祭祀。这样一来，立即见效。当地神灵断绝了香火基地，走投无路，只有无条件降服。于是几天之内便下了雨。这样，信士弟子又恢复了对他的敬奉。

中国有些地区官员采取紧闭南北城门的措施来求雨或祈晴。因为南风造成干旱，北风招致降雨。而紧闭南城城门，敞开北城城门，自然可以解除干旱，迎来雨水；紧闭北城城门，敞开南城城门，便能阻止乌云和雨水，迎来晴日和温暖。

1888年4月间，广州官员祈求龙王停止淫雨，龙王不听，便将它监禁了五天。这一举措效果良好。淫雨停止了，天空放晴了，龙王恢复了自由。若干年前，大旱之际，也是这位龙王被枷锁于龙王庙内，曝晒于烈日之下，使它体验干旱之严重和人民急需甘霖的焦灼心情。同样，缅甸人需要雨水时，就将他们的神祇偶像置放于烈日之下；需要干爽天气时，便揭开庙宇的屋顶让雨水浇淋神祇的偶像。他们以为神祇遭到这些难处，便会满足其信士子弟的愿望。

在暹罗的马德望省③，每逢长期干旱、水稻作物受害严重，该省总督便威严得来到一座宝塔前拜佛求雨。在许多侍从人员和群众簇拥下，他走到塔后的一片平地上。那里矗立着一尊色彩鲜艳的泥塑偶像。总督一到，顿时鼓乐齐奏，铙钹狂敲，鞭炮轰鸣。一群大象在人们驱使下冲向那泥塑偶像，把它踏成齑粉，这样一来，不要很久菩萨就赐降了雨水。

---

① 图高特（Torgot），原指成吉思汗时期迁徙到伏尔加河畔，后又返回伊犁河谷的蒙古部众。此处指代地名，即今新疆维吾尔自治区境内的伊犁河谷。

②　按：崇明岛位于上海市以北长江口上，原属江苏省，1958年划归上海市。
此处原书作者误为南京省。

③　马德望（Battambang），即现今柬埔寨的马德望省。

巫术缚风

康斯坦丁①在位时期，一个名叫索佩特（Sopater）的人在君士坦丁②被处死了。他被指控使用巫术拘缚了风，致使埃及和叙利亚的运粮船只因无风或逆风而在途中稽延，拜占庭的饥民久盼粮船不至，由失望而悲愤至极。古代有一种防止风暴损坏庄稼的巫术，办法是将一只癞蛤蟆装在土制的新钵里埋入田地中央。芬兰人的巫师经常售风给因无风不能远航的船员。巫师将风装在三个绳结里面：解开第一个绳结，便放出温和的风来；解开第二个绳结，便放出一部分大风；若解开第三个绳结，便刮起飓风。与芬兰仅隔一道海湾的爱沙尼亚人，至今仍相信他们北方的邻人具有这种巫术法力。春天从北方或东北方刮来的烈风和暴雨，带来疟疾和风湿关节炎症，单纯的爱沙尼亚农民把这些都归咎于男觋女巫的阴谋作祟。他们尤其害怕春天里的三个"苦难日"，其中一天正好是升天节③前夕。在那些日子里，费林④附近的人们都不敢出门，唯恐从拉普兰⑤刮来无情的飓风将毁灭他们。爱沙尼亚一支流行歌曲这样唱道：

灾难的风啊！劲疾而有力！
它的翅膀沉重地横扫过大地！

不幸与哀伤的风啊，疯狂地呼啸，

那是芬兰的巫师们乘着它在飞跑。

　　另外，还听说，水手们在芬兰湾里迎风斜驶时，偶尔发现一艘奇怪的帆船平稳而迅速地从他们船后赶上来，又很快超越了他们。那船上所有的翼帆全都张开，满胀欲裂，每根绳索都紧紧拉伸、咯咯作响，煞像一大片云帆迎着海风劈浪飞驶，激起千层浪花，往船的两舷后侧涌退。水手们看出那船是从芬兰那边驶来的。

　　把风捆缚于绳结之中，解开的绳结愈多，放出的风愈大，这种法术，拉普兰的居民认为是男觋所为，设德兰（Shetland，属英国）、刘易斯岛（Isle of Lewis，属英国），以及马恩岛（Isle of Man，属英国）上的居民则认为是女巫所为。设德兰的船员们至今仍向自称能控制风暴的老妪购买捆缚了风的、打结的手帕或细绳。据说，莱威克（Lerwick，属英国）地区现在还有满脸皱纹的老太婆们专靠卖风维持生计。十九世纪初，沃尔特·司各特[①]男爵在奥克尼群岛（Orkneys，在苏格兰北部）的斯特罗姆内斯（Stromness）地方访问过一位这样的女巫。他写道："我们沿着陡峭而肮脏的小巷，攀登到高出市镇的山阜，俯瞰那美好的景色。这块高地上有一间破旧的小屋，里面住着一位年老的女巫，专靠卖风维持生活。每艘商船的船长都半开玩笑半真诚地付给这位老妪六个便士，向她买风。老妇人用水壶装满一壶水，把水烧开，便得来一场好风。她的形象很可怜，九十多岁了，干瘪得像一具木乃伊，身披一件土色的斗篷，跟她那死尸般的皮肤颜色很相配。她有着一双淡蓝色的大眼睛，鼻子和下巴几乎连在一起。她那鬼一样的诡诈表情，给人一种很像是巫术女神海克提（Hecute）的印象。"一位挪威女巫曾经夸口说她放出袋子里的风，沉没了一艘航船。尤利西斯⑦曾经从风神埃俄罗斯（Aeolus）的牛皮口袋里得到过风。新几内亚的莫图莫图人（Motumotu）以为风暴是一个名叫奥亚布（Oiabu）的巫师放出来的。因为他把各种不同的风分别装在不同的竹筒里，高兴时就放开一个。西非多哥（Togo）的阿古（Agu）山顶上住着一个能控制风雨的物神，名叫巴格巴（Bagba）。据说他的祭司把风封存在许多大桶里。

暴风常被认为是一种邪恶的物神，可以恐吓它、赶走它或杀掉它。每当天空乌云密布，显示一场龙卷风就要刮来的时候，南非的巫师便赶忙走到一块高地上，把尽可能多的人紧急聚到一起。在他的指挥下，人们大声喊叫，并且模仿旋风扫过屋顶和林中树梢间的轰鸣呼啸声。然后，在一个信号下，大家又模仿出惊雷闪电霹雳之声。沉寂几秒钟后，又是更加尖厉刺耳震撼心扉的雷电撞击声，在空际摇曳，最后在巨大的悲号声中逐渐消失。巫师口中满含脏水向着迅速来的风暴喷去，作为对风神的威胁或挑战。群众的呐喊呼号则是旨在吓走风神。这场法事一直持续到那龙卷风刮向别的地方去或渐渐停息。如果龙卷风刮向别处去了，那是因为这位驱风的巫师比那种努力阻挡风暴的巫师的法力要大得多。在爱斯基摩中部地区，如果风暴与恶劣天气持续太久，粮食缺乏，人们就采取这样的巫法来对付风暴——用海藻制成长鞭，拿到海滩上，迎着风吹的方向一边抽打，一边喊道："塔巴（够了）！"每当西北风使海岸长期冰冻，食物开始缺少时，爱斯基摩人便举行一种仪礼来平息寒风。他们在海边燃起一堆火，男人们围着火堆念诵经咒。然后，一位老者走近火堆，用哄劝的口吻邀请风暴恶魔到火底下来暖暖身体。等到人们认为风魔已经下来时，那位老者便把在场的每个人所带的一小桶水逐一浇到火焰上，同时许多箭镞随即射向火堆。他们认为风魔遭到这样虐待之后，决不会再留在那儿了。为完满地达到这一效果，四面八方打响了枪声。一艘欧洲航船的船长也应邀向风放起大炮。1883年2月21日，在阿拉斯加巴罗角（point Barrow）的爱斯基摩人为了杀死风暴精灵，曾经举行过类似的仪礼。女人们用刀和棍棒从家里驱赶风魔，并且用刀棍在空中架起通道，让风魔逃跑。男人们围在火堆四周，每当一桶水浇到火上，一团蒸气从冒烟的火炭上升起时，就向它开枪射击，并用一块重重的石头把它压在下面。

古代印度人的祭司，每当风暴来临时，就手持箭棒和火把，迎风而立，口中喃喃念诵经咒。有一次维多利亚尼安萨（Victoria Nyanza，位于肯尼亚）附近的卡多玛（Kadouma）地区在飓风袭击的时候，彻夜擂鼓不停。第二天早上，一位传教士向土人问起缘由，才知道那鼓声是对抗飓风的一种巫法。沿海达雅克人和婆罗洲的卡扬人（Kayans），当一场大风暴狂吹时便敲起锣来。不过，达雅克人，也许卡扬人也一样，之所以敲锣，倒不完全是为了吓走风暴精灵，而是为了告诉风暴精灵他们家在何处，以免精灵无意中刮倒了他们所居住的房子。夜间听着远处压过暴风呼啸的震耳的锣声，有着一种令人毛骨悚然的感觉。有时候，在能够听出风雨之声以前，那声音真使邻村的人们感到惊恐。火光全部熄灭，妇女们被安置在安全的地方，男人们则拿着武器准备抵御侵袭。随着风声停息的间隔，人们才听出了那原来是锣声，一场虚惊才平定下来。

苏格兰高地夏天宁静的日子里，时常有旋风吹过，卷起尘土和稻草，却没有再引起一丝的微风。高地的人便以为是小妖精乘着那旋风经过，风中还夹带着男人、妇女、儿童或牲畜。她们便将自己左脚上的鞋，或头上的圆帽，或一把小刀，或一撮鼹鼠窠的泥土向旋风掷去，好让小妖精们撂下它们掳去的人畜。如果一阵狂风吹过，刮起了牧场上的饲草，布列塔尼（Breton，属法国）地区的农民便用刀叉向风投去，以阻挡风魔把饲草刮走。同样，奥塞尔岛（Oesel）上的爱沙尼亚人忙着收割谷物，大风吹起了尚未捆扎成束的谷穗时，收割者就用手中的镰刀猛烈砍风。日耳曼、斯拉夫以及爱沙尼亚的农民都仍保持着同样的向旋风投掷小刀或帽子的习俗，他们以为如果男觋女巫御风飞过，被小刀击中，刀上一定会沾染血迹，或者小刀嵌入巫觋的伤处，随巫觋一齐消失。有时候，爱沙尼亚的农夫追在旋风后面大声喊叫，用棍棒和石头向旋风卷起飞驶的尘土中投掷。格兰查科®的伦瓜（Lengua）印第安人说，旋风是妖精由此经过，于是就向它投掷棍棒，将它吓跑。南美洲的帕亚瓜人（Payaguas）在大风吹倒他们的茅屋时，便拿起火把，迎风奔跑，用燃烧着的火恐吓暴风精灵，同时其他人也向空中挥拳以示威胁。圭库鲁人⑨遭遇严重风暴侵害时，男人们全部武装起来走到屋外抗击风暴，妇女、儿童则厉声高喊以恫吓暴风恶魔。一次大风暴中，有人看见苏门答腊的巴塔村（Batta）村民手持刀枪从他们家中冲出来，他们的酋长冲在最前面，村民们狂呼怒吼，对看不见的风中敌人乱砍乱劈，一位老妪手持一柄长马刀向空中左右砍杀，特别拼命地保卫她的房子。一次猛烈的暴风雨中，雷电交加，仿佛就在头顶之上，婆罗洲的卡扬人手持刀剑，威胁性地一半出鞘，意欲把暴风雨恶魔吓走。在澳大利亚，土人们认为那被旋风卷起、在辽阔沙漠中横扫而过的巨大红色沙柱乃是妖魔们从此经过。一位年轻力壮的黑人曾经追逐于旋风沙柱之后，要用飞镖把妖魔杀死。他追出去有两三个小时，回来后精疲力竭。他说，他已经杀死了"库奇"（Koochee，恶魔），不过库奇也曾冲着他嗥叫，因此他大概也活不成了。传说"在东非的贝都因人那里，每当旋风从他们那里夺路而过时，总有一群野蛮人带着短剑随后追逐，他们把短剑刺进飞旋着前移的沙柱中心，意在赶走恶魔"。他们认为那是恶魔在御风飞行。

希罗多德⑩曾经讲过一个故事，尽管现在评论家认为那只是一种传说，但那故事却是完全可信的。他说，并不保证故事的真实性。有一次，在普西利（Psylli），即现在的的黎波里⑪，从撒哈拉吹来的风使得所有的水堰都干涸了。于是人们共同商议集体进军，向南风开战。当他们进入沙漠之后，非洲和阿拉伯地方的带沙风暴便向他们横扫过来，把他们全体都埋进了沙中。这个故事很可能是一个目击者讲出来的，此人曾亲眼看见那些人们排成战列，击鼓鸣锣，走进那旋转着的沙尘红云之中，从此就失踪了。

---

① 康斯坦丁大帝（Constantine，公元288年？—337年），罗马皇帝。

② 君士坦丁（Constantinople），阿尔及利亚的城市。

③ 升天节（Feast of the Ascension），基督教复活节后的第四十天，为耶稣死后升天的日子。

④ 费林（Felin），今爱沙尼亚的维尔扬迪，位于波罗的海海湾，与芬兰沿海相对。

⑤ 拉普兰（Lapland），北欧地区，包括挪威北部、瑞典、芬兰北部，以及俄罗斯的极西北部科拉半岛，有四分之三处于北极圈内。居民为拉普人。

⑥ 沃尔特·司各特（Walter Scott，公元1771年—1832年），美国著名历史小说家和诗人。

⑦ 尤利西斯（Ulysses），即希腊神话中的奥德修斯，曾参加围攻特洛伊城的战争。他也就是荷马史诗《奥德赛》中的主人翁。

⑧ 格兰查科（Gran Chaco），亦译大厦谷，地处南美中部冲积平原，跨有巴拉圭、玻利维亚和阿根廷三国国境的各一部分。

⑨ 圭库鲁人（Guaycurus），即聚居在巴西的马托格罗索州南部的印第安人。

⑩ 希罗多德（Herodotus，公元前485年—前425年），希腊历史学家，人称"历史之父"。

⑪ 的黎波里（Tripoli），非洲国家利比亚首都，位于地中海南岸及撒哈拉沙漠北部边缘。

防御巫术的措施

　　五朔树、五朔灌木或五朔树枝似乎都确有防御妖巫的性能，它们可以防止妖巫把奶牛的乳汁吸光，但它们不能补充母牛的乳腺。妖巫们在五朔节前夕（著名的华尔普吉斯节日之夜）骑着扫帚把或干草杈在空中飞行，尽力窃取母牛的乳汁。因此，精明的牧人在此期间总是采取许多防御措施来保护其牲畜，不让那些可恶的妖巫肆行劫掠。例如，在五朔节当天的早晨，爱尔兰的农民都在门口撒上樱草花，在炉灶里存放着一片烧红了的铁块，或在门口附近放一些山楂树和山楸树（或花楸树）等高缠的树枝。为了保全牛奶，他们砍削山楸（花楸）树枝，将其细枝绑在牛奶桶和搅奶桶上。

　　据十六世纪一位作家的记叙（曾被卡姆登①引用）："爱尔兰的农民把五朔节那天携取火种的妇人都看作女巫，他们也不把那火交给任何人，只给有病的人。他们还诅咒说该妇人到夏天一定要来偷窃所有的奶油。因此五朔节那天，他们宰掉所有藏在家畜中间的野兔，以为它们就是那些企图窃取奶油的老妪变的。他们认为这样被偷去的奶油，只要他们取下一点挂在门上的那些树枝烧掉，便可复回原处。"

　　苏格兰东北部农民认为在五朔节那天将花楸树和忍冬树，或只用花楸树的几根树枝放在牛棚的门上，就能制止妖巫不得接近母牛。还有一种更好的办法，就是将花楸树木料做的十字架用红线扎在每头母牛的尾巴上。苏格兰高地的人们相信，在贝尔坦节前夕，即五朔节前夜，妖巫们总是以野兔的形象出现，吮吸母牛的乳汁。为了防止它们劫掠，农民们在母牛耳后和尾巴根部涂上柏油，并在屋内悬挂花楸树的枝干。出于与此相同的原因，苏格兰高地的人们说牛枷的栓和搅乳装置的手柄和横叉都应该一律用花楸树的木料制作，因为那是防御妖巫的最有效的护符。

在马恩岛上，五朔节那天，按旧俗人们帽上都戴着花楸木做的小十字架，各家门上都插着五朔鲜花，以防御妖巫和小精灵；为此同样目的，他们还在牲畜尾上系着花楸木制的十字架。五朔节那天清晨，妇女们用露水洗脸，以求好运、皮肤美好并免受妖巫侵扰。五朔节那天天刚破晓时，人们便将欧石南和荆豆放在火上，以烧死那些经常变作野兔形象的妖巫。还有些地方，如来扎伊尔教区，人们在田地的边界焚烧荆豆以驱逐妖巫。马恩岛人至今仍害怕妖巫。

在挪威和丹麦，每当华尔普吉斯节日之夜，人们同样也用花楸树枝保护房屋和牛棚，防御妖巫，那里人们也认为搅奶的装置应该用花楸木制作。

在德国，防止妖巫在华尔普吉斯节日之夜侵扰牲畜的通常办法是在母牛棚的门上用粉笔画三个十字。五朔节前夕把鼠李树树枝插在牛粪堆里也有同样效果。

在西里西亚，这期间防御妖巫的措施多种多样，例如，将鼠李树枝交叉着钉在母牛棚的门上，将干草权和耙颠倒着把尖朝前地放在门口，并且把从牧场运回的草皮放一大块在门槛前，还在上面撒上许多沼泽金盏花。因为妖巫们通过门槛时一定要数一数草皮上每根草的叶片以及沼泽金盏花的每一片叶瓣，而它们正数着数着还未数完的时候，天就破晓了，于是它们的妖术也就失去了作用，不能为害了。出于同样的原因，人们还把小桦树放在门口，因为妖巫必须数完小桦树的全部树叶才能进入屋内，可是未等到它数完，天就大亮了，妖巫只好随着黑暗立即遁去。

摩拉维亚（Moravia，属捷克）地方的日耳曼人在华尔普吉斯节日之夜把刀子放在木牛棚的门槛底下，同时把桦树细枝放在门上并插入牛粪堆里，以防御妖巫侵扰母牛。为此同样目的，波希米亚人在此节日期间也在母牛棚的门槛上放置许多鹅莓树、山楂树以及野玫瑰树等的树枝，因为妖巫会被这些树枝上的刺抓住而不能前进。于此可见，凡多刺的树或灌木，无论山楂、鼠李或者诸如此类的树木之所以能够用以防御妖巫，其原因在于它们具有多刺的藩篱作用，妖巫很难从其间通过。

---

① 卡姆登（William Camden，一译坎登，公元1551年—1623年），英国历史学家，古文收藏和研究者，其重要著作有《不列颠志》《伊丽莎白女王在位时期的英格兰、爱尔兰史》等。

圣罗勒的婚嫁

圣罗勒 ［Holy Basil，又称图拉西（Tulasi）］ 是一种小灌
木，可以在大花盆中栽植，并经常摆设在室内。印度凡有名望
的人家几乎家家都摆设一盆罗勒。尽管它看上去不那么名贵，
它的全身却充满着毗湿奴①和他妻子拉克什米②的精髓本质，被
人们日常敬拜为神。它尤其是妇女的神，被当作毗湿奴妻子拉
克什米的化身或罗摩③的妻子悉多（Sita）的化身，或者黑天④
的妻子罗克迷妮（Rukmini，又译作艳光）的化身。妇女们崇拜
它，围绕它转圈，向它祈祷，向它奉献鲜花和稻米。如今这种
女神化身的神圣植物每年都要嫁给每一印度人家的黑天神。其
仪式于每年十一月举行。在印度西部，人们常常用豪华的六人
大轿抬着年轻的黑天的神像，后面跟着一大批侍从群众，送到
一户有钱的人家，跟他家摆设的罗勒举行婚礼。这种庆典十分
盛大隆重。此外，作为毗湿奴的妻子，圣罗勒则下嫁给萨拉格
雷玛（Salagrama，一种古代生物菊石的黑色化石），人们认为
它是毗湿奴的化身。在印度西北部，罗勒同古菊石的化石结婚
仪式必须在某一新果园的果实成长到可以食用之前举行。一个
男人手捧化石，代表新郎；另一个男人捧着罗勒，代表新娘。
点燃起香火之后，主持仪式的婆罗门⑤便向这一对结婚的配偶

提出一系列的问话。接着，新郎和新娘围绕果园中央标志出的一小块地方走上六圈。供果园浇灌用的水井，必须等到萨拉格雷玛跟圣罗勒隆重地举行婚礼以后，才能成为幸运的水源，进行浇灌。凡是有关的人士都聚集在场；果园的主人充当新郎，其妻子的一位亲属充当新娘，向婆罗门赠送礼品，并在园中宴请宾客。从此以后，该果园和水井才可使用无虞。同样的，该神圣化石与圣罗勒的婚礼每年也在路德豪拉（Ludhanra）的奥尔恰⑧地区由邦主主持进行。邦主常以其每年收入的四分之一，相当于三万英镑，用于这一婚礼。据说，有一次该婚礼竟有十多万人出席并参加了婚礼宴会，全部费用都由那位邦主支付。婚礼的仪仗队列中有八只大象、一千二百匹骆驼，以及四千匹装饰华丽且有骑手乘坐的骏马。那些装饰最为豪华的大象载着那神圣化石作为新郎去迎娶那娇小的灌木女神。凡人间正规婚礼的所有仪式，这种神婚全都照样进行。婚礼结束后，这一对新婚神祇夫妇便安置在庙中直到翌年此日。

---

① 毗湿奴（Visnu），又译作遍入天，印度教三大神之一，负责维持世界的神。传说有十个化身，以不同形象拯救危难中的世界。
② 拉克什米（Lakshmi），又译作吉祥天，是印度教的财富和幸运女神，毗湿奴的配偶。当毗湿奴以各种化身下凡时，拉克什米也会以相应的化身伴随。下文提及的悉多和罗克迷妮也是她的化身。
③ 罗摩（Rama），毗湿奴的第七化身，印度史诗《罗摩衍那》的主角。

④ 黑天（Krishna），又译作奎师那、克里希纳，毗湿奴的第八化身，印度史诗《摩诃婆罗多》中的重要角色。形象为吹笛牧童、御者、智者等。

⑤ 婆罗门（brahmin），印度婆罗门教的僧侣，古印度种姓四等级中的最高等级。

⑥ 奥尔恰（Orchha），在印度中央邦境内。

威胁树木精灵

　　植物的精灵并不总是受到敬服和尊崇的。如果好话和礼遇都未能感动它们，人们有时就对它们采取强硬措施。东印度群岛出产的榴莲树，其树干往往高达八十至九十英尺（约合24~27米）而不伸长枝干，所结果实极为鲜美却又极其恶臭。马来西亚人爱其果实而栽培之，为促其丰产，便对它采取一种著名的特殊仪礼。在雪兰莪（Selangor，马来西亚的一个州）的朱格拉（Jugra）地区附近有一片榴莲树小树林，那里的村民习惯于每年某一特定的日子在那小树林中集会。一个当地的术士总要手持短柄小斧在结果最少的榴莲树树干上狠狠地砍上几斧，一面对树说道："你还结不结果了？如果再不多结果实，我就把你砍倒。"该树（通过一个早就爬到最临近的一棵山竹树上——因为榴莲树是人无法爬上的——的男人）回答说："是，我一定结出果实来，请不要把我砍倒。"在日本也是这样，为使果树结出果实，两个男人走进果园，其中一人爬到树上，另一人手持斧头站在树下。手持斧头的人问果树来年是不是多结果实，并且威胁说，如不多多丰产，就要把它砍倒。如此，爬在果树枝干上的那人代表那树回答说，一定要结出许多、许多果实来。

尽管在我们看来这种园艺方式很可笑，可是它却无独有偶，在欧洲也有跟它完全一样的做法。圣诞节前夕，南斯拉夫和保加利亚的许多农民抡起斧子向不结果实的果树进行威胁，同时树边站着另外的人替树求情："不要砍倒它啰，它很快就要结出果实了。"威胁的人一连三次抡斧要砍，都在讲情者的调解下没有真的砍下去。到了来年，那些受过威胁的果树便果然结出了果实。

　　意大利西西里岛上乌克里亚（Ucria）村的农民也是这么做的。如果哪棵果树老是不结果实，那棵树的所有者便佯装要把它伐倒。正当他举起斧子要砍下的时候，便有一个朋友出来替树求情，请主人耐心再等一年，如果那棵有罪的树来年仍不改正过错的话，到时候便不再为它求情了。树主人接受了这位朋友的讲情，便没有砍倒那棵有罪的树。据西西里岛上的人说，对于这样的威胁，没有哪棵树敢违背不听从的。这种做法一般都是在复活节①前的星期六那天进行。

　　在亚美尼亚②，与此相同的哑剧，并且出于同一目的，也在耶稣受难日（复活节前的星期五）那天由两个男人扮演。

　　在阿布鲁齐③，这种仪式在圣约翰节（即夏至）那天日出之前举行。果树的主人对迟迟不结果的果树进行恫吓。主人围绕这树走三匝，重复恫吓的话语，并用斧头敲打那些树的树干。

　　在莱兹博斯④，某株橘树或柠檬不结果实，树主常常在该树面前放一面镜子，手持一柄斧头高高举起对着那树，目光注视镜中映象，佯装发怒，大声喝道："快结果实，不然我就砍倒你。"

　　当卷心菜刚刚长出卷叶而没有长成头状叶丛的时候，爱沙尼亚的农民就在日出之前走进菜园，身上仅穿一件衬衣，手里拿着长柄镰刀在那些卷叶上面横扫而过，好像要把它们割掉。这样吓唬之后，卷心菜就乖乖地长出了大叶丛来。

---

① 复活节（Easter），是纪念耶稣基督复活的节日，春分后第一次满月后的第一个星期日即为复活节，时间大致在3月22日至4月25日之间。
② 亚美尼亚（Estonia），位于西南亚高加索山脉中，外高加索中南部。
③ 阿布鲁齐（Abruzzi），位于意大利中部，濒临亚得里亚海。
④ 莱兹博斯（Lesbos），希腊的一个小岛，位于爱琴海中。

野麝香草、接骨木花和蕨类植物

在波希米亚①，偷猎者自以为在圣约翰节那天早上日出之前找到一棵向上生长的冷杉球果的种子，并将它吞食了，就可以成为刀枪不入的人。波希米亚的人们还在圣诞节前夕用仲夏节那天采集的野生麝香草烧火烟熏树木使之茁壮长大。波希米亚西部的日耳曼人用接骨木的花泡茶或酿酒。据说此花必须在仲夏节前夕采摘才有药性。他们还指出，无论何时遇见接骨木树，必须脱帽致敬。

在蒂罗尔②，矮小的接骨木树被用来防御妖巫、保护牲畜。当然，这种小树或它的树枝，必须是在仲夏节那天采撷的。俄罗斯的农民把这种小树叫作黄连花，对它怀着敬意，甚至害怕。术士们则大量利用这种树。他们在圣约翰节那天拂晓时用非铁制的工具挖起接骨木树的根，认为可以用这些树根及其花朵来制服妖邪，使之为己服务，并且能够用它们来驱逐占据宝藏的妖巫和恶魔。

比上述这些还要著名的是，欧洲许多地方流行的迷信习俗为这一时节里的蕨类植物赋予神奇性能。那里的人们以为紫蕨在仲夏节前夕的子夜开花并且随即结籽，如果谁在这时候采到紫蕨的花或籽，谁就马上具有了超自然的智慧和神奇的能力；

尤其是能知道地下宝藏在哪里；而且，他只要把蕨籽放在自己的鞋子里，便能随心所欲地隐藏自己的身形。不过，在采摘这种奇妙花朵和籽的时候，必须特别小心，以防它们像朝露在沙土中或晨雾在空气中那样悄然消失。采时既不可以用手碰着它，也不可让它碰到地面，而是必须在接骨木树下铺一块白布，让接骨木树的花朵或籽掉落在白布之上。

---

① 波希米亚（Bohemia），今捷克境内，古代曾是一个王国。
② 蒂罗尔（Tyrol），奥地利西部和意大利北部之间的一个地区，在阿尔卑斯山中。

仲夏节之夜的神秘花卉——春花和啄木鸟；菊苣

　　在哈尔茨山脉地区（Harz Mountains，位于德国），人们说多年以前那里有一种名叫春花或约翰草的罕见奇花，它只在圣约翰节夜间11至12点钟开花，等到12点钟最后一响敲过时，它就马上消失了。只有在许多贵重金属蕴藏于地心之内的山区，才能于群山环抱的幽静草地上时而看到这种花朵。山中精灵希望通过它向人们展示他们的宝藏所在。这种花本身就是黄色的，夜晚黑暗中闪闪发亮，好像一盏灯似的。它从来没有静止过，总是不停地前后跳动着。它还怕人，见人就跑走。人们也不采它，除非天意使他这么做。对于有幸采到此花的人，那花向他显示出地下所有的宝藏，使他变得非常富有，非常非常富有，非常非常快乐！

　　你会注意到树上有一个小洞，一只绿色或黑色的啄木鸟在洞里做了一个窠，并且还孵化了小啄木鸟；你不妨用一块木片堵住洞口，然后藏身树后，守候在那里。那啄木鸟这时候正飞在别的地方，过一会儿就会飞回来，嘴里还叼着一根春花，扑腾着飞到树干上，把春花搁在洞口边，却马上又突然跳开，好像被什么东西敲了一下似的。这时，你的机会到了。你马上从藏身之处冲出，同时大声呼喊，那啄木鸟惊恐之下，一张嘴，叼着的春花便掉落下来。你赶紧将随身准备好的红布或白布展开，迎上前去将那掉下的春花接住。从此以后，所有珍藏的财宝便都成为你的了。在春花的神奇能力面前，一切门锁全都打开。春花还能使持有它的人隐起身形。如果把它放在上衣右边口袋里面，任何钢铁都不能伤害其人。关于啄木鸟和春花的这一迷信，非常古老。普林尼①曾经对它有过记述。他说：那是一种民间的信念，如果哪位牧羊人用一块木片堵塞了某株树干上一个洞里啄木鸟的窠，那个啄木鸟就会衔来一株香草使那木片从洞里滑落出去。另外，还有一种叫作菊苣的花，也具有同样神奇的性能，它能使一切门锁洞开。要得到它，必须在7月25日圣雅各日②的中午或午夜用一块黄金把它割下。采割时口中必须绝对不能发出声来。如果一出声，你就一切全完了。曾经有一个人正要采割那菊苣的花朵时，偶尔抬头，看见头顶上方有一块巨石正在旋动着，眼看就要掉下来，他撒腿就跑，侥幸没有被砸着。如果他当时喊出声来。那巨石肯定会砸在他身上，把他压得像张烙饼了，不过，只是这种罕见的白菊苣花才有这种开锁的性能，一般明亮的蓝色菊苣则完全没有这种神奇能力。

---

① 普林尼（Pliny，公元27年—79年），古罗马作家、博物学家，又称"老普林尼"。其著作今仅存一部百科全书式的《自然史》，共37卷。

② 圣雅各日（St. James Day），天主教会为纪念耶稣十二使徒中第一位殉道的大雅各（西庇太之子）而设立，定于每年的7月25日。

把老妪锯为两半

"用锯把老妪锯为两半"的习俗，至今在东南欧的吉卜赛人中仍以生动的形象被遵行着。不过那日期不是在四旬斋①期间，而是在棕枝主日的下午。那老妪是用稻草人装扮的，穿着妇女服装，横放在某一空地的木梁上。吉卜赛人聚集在那里，用棍棒敲打那老妪，然后一位年轻男子和一位少女（两人都戴着假面具），用锯把它锯为两半。当这对青年男女锯此偶像时，其他人则围成圈子，一面跳舞，一面唱着各种歌曲。最后，人们把老妪的"遗体"焚化，并将其灰烬扔进小河里。据吉卜赛人自称，他们遵行这一习俗，是为了纪念一位冥后。所以东欧和南欧的流浪的吉卜赛人又把棕枝主日称作冥后日。按照他们中间流行的信念来说，那冥后每当春天到来时便悄然潜伏到地下，等到冬天来临，才又重返人间，在整个阴冷的冬季里用疾病、饥饿和死亡危害于人。在匈牙利南部到处漂流的吉卜赛人把这种老妪偶像当作对于冥后在过去一冬里宽恕了他们的答谢和超度的仪式。在特兰西瓦尼亚（Transylvania，属罗马尼亚）地区，那些在帐篷里宿营的吉卜赛人用新近死了丈夫的妇女穿过的旧衣服把稻草扎成的老妪装扮起来。这新寡的妇人也很乐意把自己的旧衣服都给那偶像穿上，因为，她想等把这老妪偶像焚化之后，她的这些衣服也就为她死去的丈夫所有了，这样一来，那死鬼就没有借口从阴间回来看她了。特兰西瓦尼亚的吉卜赛人把焚化老妪后的灰烬撒在他们途中首先经过的墓地里。

---

① 据《新约》，耶稣于开始传教前在旷野守斋祈祷40昼夜。教会为表示纪念，规定耶稣复活节前的40天为四旬斋节，又名大斋节。

"抓老头子"

现代欧洲，割、捆、打最后一束谷物的农民都要受到同伴们的粗鲁的揶揄。例如，把他捆在那最后一束谷物里，抬着或装在大车里在周围游行，鞭打他，用水浸湿他，把他扔到粪堆上，等等。即使饶了他这样一顿恶作剧，起码也要把他作为嘲笑的对象，或者认为他在今后一年中肯定要遭遇某些不幸。因此，所有参加收割庄稼的人都不愿意成为最后割、打谷物或捆绑最后一束谷物的人。于是，每当一天工作接近尾声的时候，这些劳动的人们便自然地形成一股竞赛的劲头，人人加油尽快完成自己的任务，以免沦为最后一人而现眼。

在但泽①的一个邻近地区，当冬天谷物收割完毕，并且大部分捆成小捆之后，剩下的部分便分给妇女们去捆扎，每人分到的多少相等。收割者、儿童和无关的闲人围聚在地头观看她们的竞赛。一声口令"抓老头子"，全体妇女立即动手，人人尽快地捆扎自己分得的那一份谷物。观众认真严格地观察着她们每一个人，谁要是跟不上众人的速度而落在最后，成为捆最后一束谷物的人，谁就得背着那"老人"（即把那最后一捆谷物扎成一个老人的形状）回到农场内并且向农场主人说："我给您把老头子背来了。"随后，吃晚饭时，这"老头子"就被放在餐桌上，领到一份丰盛的食物。由于这谷物"老人"并不能吃东西，所以就都归背它回来的那妇人吃了。饭后，那"老人"又被放到谷场上，所有的人都围绕着它跳舞，或者由捆此最后一束谷物的妇女先跟这"老人"跳舞，其他人则以他俩为中心围成一圈，然后又挨个儿一个一个地围着老人狂舞一圈。直到第二年收获时，这位捆最后一束谷物的妇女就一直被人们戏呼为"老头子"，人们常常大声嘲笑道："老头子来了。"

在普鲁士②的米特尔马克（Mittelmark）地区，当割完了裸麦，最后一批割下的麦株就要捆起的时候，捆麦的妇女们便面对面地站成两行，每人的面前放着割倒的麦株和捆扎用的草绳。一声信号，妇人们加油捆扎自己面前的麦株，最后捆完的人就要受其他捆扎者的嘲笑。不仅如此，她所扎的那最后一捆麦株还要扎成人形，叫作"老头子"，由她背回家去放在场院里，全体收割者围着她和这"老头子"跳舞。然后，他们把"老头子"拿到农场主人面前，交给他，并且说道："老板，我们给您送老头子来了，您可以保存着他，直到来年再给您接一个新老头子时。"从那以后，便把"老头子"长时期地靠立在一棵树上，成为人们开玩笑的靶子。

巴伐利亚③的阿斯巴赫（Aschbach）地区，每当地里收割将近完毕时，收割者便说道："现在我们就要赶出老头子来了。"于是，他们就个个加油尽快地收割。谁要是落在后面割最后一把谷物，其余的收割者便高兴地向他喊道："你得到老头子了。"他们有时给他戴上黑色的假面具，穿上女人服装（如果这位收割者是妇女，就给她穿上男人服装），大家便跳起舞来。晚饭时，这个"老头子"比众人多分得一份食物。打谷物时也有这种做法。谁最后打完，谁就当"老头子"。晚饭时，他必须喝完大勺盛的奶油，喝大量的酒。大家对他开各种各样的玩笑，让他接受许多恶作剧，最后由他请所有的人喝白兰地或啤酒，才饶了他。

什切青④附近的谷物收割者们向捆最后一束谷物的妇女喊道："你得到老头子了，你一定要留着他。"那"老头子"是很大一束谷物，上面插着鲜花和绸带，装点得很像人的形状。人们把"老头子"钉在耙上或绑在马背上，在音乐声中驮回村里去。把这老头子交给农场主时，那位妇女说：

> 亲爱的先生，这就是那老头子，
> 他不能再待在地里了，
> 也无法再躲藏。
> 他必须进到村里来。
> 女士们，先生们，
> 请大家发发好心，
> 送给这老头子一点礼物吧。

在十九世纪后半叶，这一习俗的做法是把这位妇女本人绑在豌豆秆里，在音乐声中把她送到农场的场院里，所有收割者都在那里跟她跳舞，直到她身上的豌豆秆全都掉尽了。在什切青周围的其他村子里，当装载运送谷物的最后一辆大车时，妇女们之间总要展开竞赛，个个努力，不甘落在最后。谁落到装最后一束谷物上车，谁就要被叫作"老头子"，被用谷秆完全包扎起来，插上鲜花，并在她头上戴一顶谷杆做的帽子和鲜花。在众人隆重行进的队列中，她捧着那收获之冠走向农场主人，把谷冠高高举过主人的头顶，向他说出一连串良好的祝愿。接着就举行舞会。这位做"老头子"的人有权利挑选舞伴，被"老头子"选中跳舞则被认为是一种荣耀。

在波茨坦⑤地区，人们向收割裸麦时捆扎最后一束裸麦的妇女喊道："你得到老头子了。"于是这位妇女便被用那最后一束裸麦包裹起来，仅留下脑袋可以自由转动，头上还戴着一顶用麦秆做的帽子，帽上扎着绸带，插着鲜花。人们称她为"庄稼收割人"，她必须走在装运收割下的麦子的大车前面，边走边跳舞，一直跳到农场主人的住宅，才卸下身披的麦秆，还得到一份礼物。

"所有这些事例，体现着一个思想，就是：谷物精灵——植物老人——被从最后割下或最后摔打的谷物中赶了出来，并且这一年的冬天就住在谷仓里了。等到第二年播种时节，他又从谷仓回到地里，继续履行他作为使谷物萌芽的生命力的功能。"

---

① 但泽（Danzig），又名格但斯克，在波兰境内。

② 普鲁士（Prussia），公元 1701—1871 年为中欧的一个王国，公元 1871
年—1919 年为德意志帝国的一部分。

③ 巴伐利亚（Bavaria），德国南部地区，古代曾是神圣罗马帝国的一个
公国。

④ 什切青（Stettin），在波兰西北部，位于奥得河畔。

⑤ 波茨坦（Potsdam），在德国柏林附近。

焚烧嘉年华会的偶像

拉丁姆①的弗罗齐诺内（Frosinone）地区，位于罗马与那不勒斯（Naples）之间大约一半的路程。每年有一次嘉年华会②——一个名叫雷迪卡（Radica）的古老节日，在嘉年华会的最后一天，枯燥沉闷的意大利乡镇生活变得非常欢乐活跃。大约下午四点左右，镇上的乐队奏着轻快的乐曲，后面跟着一大群人，向市镇中心普勒比西托（Plebiscito）广场进发。本地区行政长官的住宅和其他政府建筑都在这里。聚集在该地广场中心的人群看到一辆四匹马拉的大彩车，一尊嘉年华会的堂堂塑像赫然端坐在车中一张大座椅上，身高约9英尺（约合2.74米）左右，满脸红光，笑容可掬。它脚登巨靴，头戴意大利水兵士官戴的大锡盔，身披各种色彩拼缀的奇怪花样的大氅。左手放在椅子的扶手上，右手端庄优雅地向群众致礼。一个男子蜷缩在大座椅下牵着一根细绳操纵塑像巨人的手势。人群兴奋地簇拥在大车周围，尽情欢呼，不分贵贱，交织在一起，如醉如狂地跳着萨尔塔列洛舞③。这一节日的特点是人人必须手持一张雷迪卡（即"根"），它其实是一张巨大的芦荟叶，或者更确切些说，是龙舌兰叶。无论是谁若不持此叶而闯入歌舞的人群中，他就会被不客气地挤出圈外，除非他携带一根长棍并在棍的一端扎一棵大甘蓝或一束编得奇异的草辫作为替代。这样欢歌舞蹈一阵之后，人群伴随着彩车缓缓地来到市政长官的大门口。人群停在门外，彩车穿过门口摇摇晃晃地进入大院里。这时人群忽然安静下来，然而他们的悄悄低语，据一位在场人士的描述，仍似大海的汹涌涛声。所有人的眼睛都转向大门口，热切地期待着市长本人或他的代表出来向他们此刻的英雄致意。这样等了一些时候，人群中突然爆发出雷鸣般的欢呼声和掌声，欢迎本市权贵们一行的出现。他们走下门前台阶，来到人群行列中间。嘉年华会的乐曲随即轰响起来，接着在震耳欲聋的欢呼声中，芦荟叶和甘蓝在空中高高地旋舞，毫无偏差地落向为节日活动增添乐趣而进行自由搏斗的公正者和不公正者的头上。这些节奏性的节目使全体人群都感到满意。节目刚一结束，游行队伍便开始前进。行列的最后面是一辆大车，满载着酒桶和警察。警察的美好差事就是就是把车上的美酒分给每个索求的人们。人群拥挤着、喊着、骂着、推着、搡着，焦急地争相抢到车尾，领取一份美酒，痛饮一醉，谁也不愿失去这一由公家免费供应的大好机会。游行队伍这样声势浩大隆重地在镇上各主要街道游行之后，把嘉年华会的泥塑巨像送到公共广场中心，剥去其华丽服饰，置于一堆木柴之上，在群众的欢呼声中点火焚烧。人群唱起了嘉年华会之歌，歌声响彻云霄。然后，又纷纷把各人手中所持的雷迪卡扔向那燃烧着的火堆上，纵情投入欢歌狂舞的娱乐之中。

① 拉丁姆（Latium），又译"拉齐奥"，意大利中部地区，位于罗马东南不
　　远，濒临蒂勒尼安海，古代曾是一个王国。
② 嘉年华会（Carnival），即"狂欢节"。
③ 萨尔塔列洛舞（Saltavello），意大利的一种轻快的舞蹈。

莱里达的嘉年华会

在加泰罗尼亚（Catalonia，属西班牙）的莱里达（Lerida）地区，一位英国旅行者曾于1877年亲眼看见过殡葬嘉年华会的仪式。在嘉年华会的最后一个星期天，一支庞大的游行队伍，包括步兵、骑兵，戴各种各样假面具的人，有的骑马，有的乘车，簇拥着运载人称波·皮（Pau Pi）大人的偶像的大车，威武地走过镇上几条主要街道。一连三天，狂欢持续在高昂的氛围中，直到最后一天午夜，同样的庞大队伍又出现在大街上游行。不过，这次的场面跟上一次不同了，而且目的也不相同。原来那辆辉煌的大车换成了柩车，车内载的是已故偶像波·皮大人的遗体。一队戴着面具的人，他们在上次游行时扮作胡闹的学生，说笑逗闹，这次则穿戴得像牧师和主教的样子，高举着点亮的蜡烛，唱着挽歌，在队伍中缓慢地走着。所有的人都戴着黑纱，骑马的人都手持燃着的火炬。队伍经过的大街，街道两边矗立着多层并带阳台的高楼。每家窗口前，每户阳台上，每楼屋顶，都挤满着看游行的人，他们也都戴着种种面具，打扮得千奇百怪，漂亮异常。整个游行队伍带着哀伤抑郁的情绪缓缓前进。现场上空不时有两道交叉的灯光横扫而过，投下移动中的火炬的影子；红蓝色的信号烟火划过长空，又隐隐消失；嘚嘚的马蹄声和游行队伍的整齐的脚步声中，牧师们唱着安魂弥撒，扣人心扉，而军乐队也随之奏起低沉而庄严的鼓乐。游行队伍走到镇中心广场，便停了下来。有人宣读一份对已故波·皮的滑稽的悼词。这时所有火光全都熄灭，瞬间魔王及其属下恶鬼从人群中冲了出来，抢了波·皮的尸体就跑，在场群众赶紧随后追逐，尖叫着、呼喊着，欢声雷动。当然，群魔被赶上了，被驱散了，那具假尸体也从魔爪下被夺了回来，安放在早就为它准备好的墓穴里。莱里达1877年"嘉年华会"的主角波·皮大人就这样逝世并被安葬了。

维扎的嘉年华会

位于阿德里安堡①和君士坦丁堡之间的色雷斯（Thrace）的一座古城镇比齐亚（Bizya），现代称为维扎（Viza），其周围村庄里的基督徒每逢嘉年华会期间总要演出一种戏剧。我们可以合理地认为那是直接由古代狄俄尼索斯②祀仪流传下来的一种产物。在古代，比齐亚是阿斯蒂（Asti，属意大利）的色雷斯人③部族聚首的首府。古代国王都在该地建立宫殿，可能是建立在该首府的卫城之中，至今仍有不少美好的宫墙环立其地。保存在该城镇的碑刻载录了部分国王的名字。举行纪念仪式的日期是当地所说的"乳酪星期一"。演出的戏剧的主要角色由两个身披羊皮的人扮演。每人头戴一只整羊皮做的头饰，那整只羊皮内里填得满满的，一只羊蹄高高抬起，更像是步兵戴的桶装军帽，羊皮下垂，遮住了演员的脸面，却开了几个小孔恰好露出演员的眼睛和嘴巴。演员的肩膀上垫着厚厚的稻草，以防御群众任意向他们肩上打去的雨点般的拳头。演员肩上披着小山羊皮，腿上扎着老山羊皮，同时还必不可少地在腰间系着许多小铃铛。一个演员手里拿着一张弓，另一个演员则拿着一个木制的偶像。这两个演员必须都是结过婚的男人。另有两个男孩扮作女孩（有时就叫作新娘）也参加剧中角色。又有一个男人扮作老妇，衣着褴褛，手提一个筐子，里面放着一个假扮的出生才七个月的婴儿。那筐子有一个古老的名称，叫作簸箕，那婴儿的称号则是"簸箕里的孩子"，其含义在古代是指狄俄尼索斯。还有两个演员，穿着破烂衣服，脸上涂得黑乎乎的，拿着粗壮的树苗，扮演剧中一对吉卜赛人夫妇。其他一些演员则扮演警察，身佩短刀，手持鞭子。最后，还有一位乐手演奏风笛。

假面具演员的情况，大致就是这样。戏剧演出的当天早上，他们挨家挨户收集面包、鸡蛋和现钱。每到一家门口，由两个裹着羊皮的演员敲门，扮作女孩的两个小男孩便跳舞，扮吉卜赛人的夫妻俩则在门前草垛上无声地表演。这样走遍了全村每户人家之后，他们这群人就来到村中教堂前的空地上。全村人众早已聚集等候在那里，要看他们演出。于是，全体演员手拉手跳了一阵舞，两个身裹羊皮的演员退了下来，由两个扮作吉卜赛人的演员接着在场上演出。这两人扮演锻造犁铧，扮丈夫的锻打犁头，妻子用力拉动风箱。这时，那老妇人筐里的婴儿则迅速长大。他吃食、喝奶，饭量极大，还嚷着要娶老婆。此刻，原来退出场外的那两个裹着羊皮的演员之一追赶着一个假扮的新娘走上场来，接着便为这一对新人举行模拟婚礼，跟真实婚礼一模一样。婚礼刚一结束，新郎便被他的同伴用弓箭射倒，趴在地上死去。杀害他的人装作用小刀剥他的皮，他的妻子扑倒在他身上大声哀号。杀害他的人同其他演员也都一齐向他致哀，就地举行了一场滑稽的丧礼，把那假装的尸体高高抬起，表示要送往墓地。正在这时刻，那尸体突然苏醒了，爬了起来，为他送葬的一切准备于是作罢。这幕死亡与复活的戏便到此结束。

下一幕戏开头是假装反复锻造一具犁铧，不过，这次那吉卜赛人锻打的却是一具真犁头。当假定已经锻好之后，便抬上一具真犁，而模拟锻打的动作便立即停止。两个扮作女孩的小孩脖子上驾着轭，拖着犁，迎着太阳绕广场走了两匝。两个身裹羊皮的男人，一个走在犁后，一个在前引导，还有一个男人跟在后面，一边走，一边装作从篓子里掏出种子撒在犁过的地方。走了两圈之后，那对吉卜赛夫妇又架起真犁绕广场一圈，那两个身裹羊皮的男人依旧扮作耕地人，随后犁地。在维扎地区，耕犁是由身裹羊皮的那两个人自己驾着的。耕地进行过程中，撒种子的人跟在后面撒种，人们大声祈祷："愿一蒲式耳④的小麦能卖上十块钱！一蒲式耳的裸麦能卖上五块钱！愿穷人都能吃得上粮食！愿穷人都能填饱肚子！阿门！"演出到此结束。当晚举行宴会，宴会所需的费用，便是那天早上挨家挨户搜集来的。

① 阿德里安堡（Adrianople），土耳其西部城市，现名埃迪尔内（Edirne），靠近希腊与保加利亚，曾为奥斯曼帝国首都。
② 狄俄尼索斯（Dionysiac），古希腊神话中的酒神，古希腊人对酒神的祭祀是秘密宗教仪式之一。
③ 色雷斯人（Thracian），巴尔干半岛最早的居民之一，主要分布在现今的

保加利亚、希腊、马其顿、罗马尼亚和土耳其等国境内，各个部落共享相同的语言和文明，但没有文字。公元一世纪时被罗马人征服。

④ 蒲式耳是英美等国的谷物计量单位，一蒲式耳约相当于35~36升。

夏冬之战

　　常见的农民习俗中，有一种习俗反映了植物冬天休眠的能力和春天复苏的活力。对这两者的比较，往往采取戏剧性竞争的形式，由两个演员分别演作冬之神和夏之神来进行。例如，在瑞典的乡镇上，每逢五朔节那天，总有两队青年人骑在马背上表演殊死的战斗。其中一队由身穿皮袄扮作冬之神的人领导，他不断地抛出雪球和冰块，意欲延长严寒天气。另一队则由身披嫩叶和鲜花、扮作夏之神的人指挥。一场模拟的战斗以夏之神一方获得胜利，而这一竞争仪式也即随之在欢乐的宴会中结束。在莱茵河中游地区，一个全身披着常青藤的人代表夏之神，跟一个身披稻草或水草的人进行搏斗，最终战胜了对方。被击败的对手被摔倒在地，剥去了身上裹着的稻草，撕得稀烂，撒了一地。双方年轻的伙伴们齐声唱起夏之神战胜冬之神的赞歌，随后就拿着夏之神的花冠或饰物挨家挨户收集鸡蛋和熏肉等礼物。有时候，扮演夏之神的人身披树叶和鲜花，头上戴着花冠。

　　在帕拉蒂亚（Palatinate，属德国）地区，这样的模拟战斗在四旬斋的第四个星期日那天进行。整个巴伐利亚各地，也都在这同一天演出这相同的一出戏剧，直到十九世纪中叶或晚些时候，还一直保持着这一习俗。当夏之神全身披挂着绿色枝叶，缀着飘飘的饰带，手持满开花朵的树枝或挂着苹果和犁的小树在人们面前展现时，冬之神则头蒙在帽子里，身上裹着皮毛外罩，手里拿着铲雪的铁锹或连枷，也同时出场。他们各自的随从也都按相应的服装打扮起来，列队走遍全村的每条街道，每到一家门前便停下来，唱着古老的歌曲，接受主人馈赠的面包、鸡蛋、水果等礼物。最后，双方进行一场短促的战斗，冬之神被夏之神击败，潜藏于村中一口井内，在群众欢呼声和大笑声中被赶出村外，逃进森林。巴伐利亚有些地方，扮演冬之神和夏之神的孩子在他们拜访的每户人家演出他们的小戏，并且在开打之前先来一番舌战，各人夸说自己扮演的季节的欢乐和好处，同时贬低对方所说的优点。他们的对话采用诗的语句，以下是他们对话的例子：

夏之神：只要我一走过，

　　　　所有的草原就变得青绿青绿，

　　　　割草的人们在草丛中忙忙碌碌。

冬之神：凡我所到之处，

　　　　草原就成了一片纯白，

　　　　雪橇嘶嘶地在雪上滑越。

夏之神：我将爬到鲜红夺目的樱桃树上，

　　　　冬之神只好自己在树下呆站。

冬之神：我将同你一齐爬上高高的

　　　　樱桃树梢，

　　　　让它的树枝在厅堂里点火燃烧。

夏之神：啊，冬之神，你真野蛮冷酷，

　　　　竟然把老妇们送给了恶魔。

冬之神：我这样做是要使她们温暖美满，

　　　　不在乎她们叫嚷责骂于我。

夏之神：我是身着洁白衣服的夏之神，

　　　　驱逐那冬之神远离尘寰。

冬之神：我是冬之神，身穿大皮袄，

　　　　要把夏之神赶出丛林与绿草。

夏之神：你若再说一个字，我就立即

　　　　并且永远把你驱逐出长夏的国度。

冬之神：夏之神啊，你尽管大吹大叫，

　　　　却不敢动我一根毫毛。

夏之神：冬之神哪，我再也不能容忍你饶舌了，

　　　　我得马上就痛打你一顿才好。

　　接着，两个小孩就扭打起来。扮作夏之神的小孩赢了，把冬之神赶出了屋外。过了一会儿，这个被打败的冬之神又出现在门口向里面张望，并且颓丧而恭顺地说道：

　　夏之神，亲爱的夏之神，

　　我向你归顺，

　　你是我的主子，

　　我是你的仆人。

于是，夏之神回答：

　　　我做主子，你当仆人，
　　　这倒差不多，看你还真诚。
　　　伸过你的手来吧，
　　　让我们在长夏的国度里一起漫游，
　　　亲爱的冬之神。

冬之王后与五朔节王后

在马恩岛上，几乎所有大教区都有这样的习俗：每年五朔节那天从最富裕的农家女儿中选出一位妙龄女郎充当五朔节王后。她身穿最华美的服装，另有大约二十来位被称作女侍从官的姑娘陪伴着她，还有一位青年充当她的侍卫队长，手下带有一些下级军官。与她相抗衡的则是冬之王后，由男人装扮，戴着羊毛制的羽冠，毛皮披肩，身穿一件又一件最厚最暖的衣服。她的侍从人员也是这般打扮，她也有一名侍卫队长和一群侍卫。这两方，一方代表春天的美丽，另一方代表冬天的丑恶。双方各从自己的驻地出发，一方由长笛和小提琴演奏的美妙乐声引导，另一方则由屠刀和钳子敲击的刺耳声引导，一同来到一块公地上，在各自首领的指挥下，双方人马投入一场模拟战斗。如果冬之王后的人马赢了他们的对手并俘虏了对方的元首，那么，被俘的五朔节王后就得支付这次节日的全部费用作为赎金。这一仪式之后，冬之王后及其一行便转移到一座谷仓里，夏之斗士们则在绿草地上跳舞，晚间举行一次宴会而结束这一节日的活动。在晚宴上，五朔节王后及其侍女们同坐在一张桌上，她的侍卫队长和卫兵们坐在另一桌上。到了其后一些年代，这一做法有些变动，原来五朔节王后的这一角色免于被俘，而是用她的一个专管猎犬的猎人替代。后者如被俘，就必须支付游行队伍的费用作为赎金。扮作夏天一方的表演队伍，到后来全由小女孩们组成，称之为职杖队，在其竞争对手冬之王后一方的队伍不再出现之后仍继续了好些年；不过现在都已成了古代的往事了。

降灵节后一日戏斩王首

　　捷克的塞米克（Semic，即波希米亚）地区，奉行圣灵降临节后一天斩国王首级的习俗。一群年轻人乔扮起来，每人腰间缠着一条绿皮腰带，佩带一柄木剑和柳树皮制的喇叭。扮国王的人，身着一件树皮做的袍子，袍子上缀着鲜花和树叶，双脚用蕨草包裹着，脸藏在假面具里，手持一根山楂树枝作为王权的权杖，脚上拴了一根绳索，一个小伙子牵着那绳子领他走过全村，其余的青年人围着他一边走，一边跳舞，同时吹着喇叭，打着呼哨。在每户农家，国王被追逐得在屋内团团转，有一个青年人在一片喧嚣噪嚷声中抽出身上佩剑击打国王身上穿的树皮长袍，发出声声击响，接着便向主人收取赏钱。在这一仪式中，国王斩首一节已经被忽略，但在波希米亚其他地方却仍继续认真表演，而且演得相当逼真。例如，在柯尼格拉茨（Königgrätz）地区的一些村庄里，每到降灵节后的一天，姑娘们和小伙子们分别聚集在两棵青柠树下，各自穿着最好的服装，佩着彩带。小伙子们编出一个花环准备送给王后，姑娘们也编出一个准备送给国王，然后就选出国王和王后，再一对一对地排成游行队伍向酒馆走去。到了那里以后，一个司仪站在酒馆的阳台上宣布所选国王和王后的名字，紧接着就奏起乐来，在音乐声中给这两人戴上国王和王后的徽志和花冠。这之后不久，又有人站到一条凳子上指控国王的种种过失，譬如虐待牲畜。国王要求提出证据，于是便开庭审理。手持白色职杖的法官在审理结束时宣布裁决"有罪"或"无罪"。如果裁决为"有罪"，法官便折断其职杖，国王则跪倒在一块白布上，所有的人都脱下帽子，一个士兵在国王头上戴上三四顶帽子，一个套着一个。法官接连三次大声宣布"有罪"之后，便命令司仪将国王斩首。司仪遵命执行，举起所佩木剑一挥，击落国王头上所戴的那些帽子。

巫术的起源

　　原始人由于对事物的真正起因蒙昧无知，从而误入迷途。他相信为了要造出其生命赖以生存的伟大自然现象，他只需模仿它们。而由于种种神秘的同情或不可思议的感应力量，他在林间空地或森林环抱的山谷，在荒漠平原或临风的海滨扮演的小小戏剧，就会被更强大的演出者们立即接过，并且在更广阔的舞台上反复演出。他想象用鲜花和绿叶化装起来，就等于帮助了荒芜的大地披上了青青草木；通过演出冬天的死亡与埋葬，他就驱除了那阴郁沮丧的季节，同时为春回大地铺平了道路。在野蛮人看来，这些事情是可能实现的，如果我们觉得很难体会（哪怕只是想象）这种思想状态，那么我们就会更容易想象野蛮人在最初将自己的思想提高到超乎满足单纯的动物欲望，并且思考宇宙万物形成的根本原因时，对于客观规律（我们今天称之为自然法则）的持续运作所感受到的那种焦虑。这种反复出现的伟大的宇宙自然现象，具有其一致性和规律性，对于我们已是众所周知的认识。至于造成这些自然现象的动因将会停止运作——至少在不久的未来会停止运作，在我们的思想中是没有这样的见解的。但是对于自然的稳定性这一信念乃是广泛的观察和长期的传统所形成，而蒙昧的野蛮人观察范围狭小，传统短暂，缺乏认识这一现象所需的能力。只要具备这种能力，则面对永恒变化并且时常带有威慑的自然现象，心情就会安宁了。故此，无怪乎日蚀、月蚀都使他陷入惊慌，并且以为如果他不高声呼喊并向天空射出他那纤细的箭杆以保护太阳和月亮的话，这两个天体一定会因天上怪物的吞噬而毁灭。也无怪当流星陨落突然划过黑夜的长空发出闪亮光芒时，或间隙不定的北极光映照着苍穹时，他会惊惶万状。甚至看到那些定期重复出现的同一现象，在没有认识到它们反复出现的规律性之前，也使他忧虑不安。对于自然界这类周期循环变易的认识之迟早，大部分决定于某一特定周期的长短。譬如，昼夜的周期循环，除南极、北极地区以外，到处可见，它们是那么短暂，那么经常，以致人们可能对于其一朝不再循环的现象就并不那么感到困惑。古代埃及人天天行使种种魔法，想把每日黄昏在西天红霞中沉落的那如火如荼的天体于第二天清早引回东方。但是，这跟一年四季的周期循环现象是大不相同的。鉴于人生的短暂，一年的光阴对于任何人都是很不少的了。对于蒙昧的原始人，由于记忆力的不足以及对飞逝时光标测方法的不够完善，一年的光阴可能就已经是很长的了。他根本认识不到它的周期性，总是怀着惊异的心情注视着上天和大地不停变化的景象。光和热以及植物动物的盛衰变易，左右着他的幸福，威胁着他的生存，使他时而欢喜，时而惊恐，时而兴高采烈，时而意气消沉。秋天，萧瑟的寒风吹得森林里的落叶飞舞，他仰望树上光秃秃的树枝，能确有把握地深信它们还会再绿起来么？随着太阳在天空一天比一天低下，他能肯定这个发光的天体会重新踏上它在天空原来的途径么？甚至月亮的亏缺，她的月牙在东方地平线的边缘上逐渐地一晚比一晚狭小，也在他的脑海中引起不安：等到她完全消失之后，便不会再有月亮了。

这些以及其他成千上万的这类疑虑纷然麇集在他的心头，搅得他心绪难宁。他只是刚刚开始思考他所生存的世界的神秘现象，能够考虑到比明天稍远一点的未来。在这种思想和恐惧心情下，他会很自然地尽其一切力量试图使凋谢的鲜花重新在枝头绽放，使冬天低沉的太阳重返夏日当顶的天空，并让缺月重圆。我们可以含笑看待他徒然的努力，可是人却是经过漫长的系列实验（其中有些总是不可避免地注定要失败），才弄清楚那些实验的成果以及他的许多尝试方法毫无用处。巫术仪式毕竟只是实验，它们失败了，却仍继续反复进行，其原因如前所说，纯粹是实验者并未认识到它们的失败。随着人类知识的进步，那些仪式或者已完全不再重演，或者虽然仍有保留，而其最初的意图早已被人们遗忘，不过出于习惯尚保留其形式而已。那些巫术仪式从它们原来的崇高地位跌落下来，不再被视为社会福利甚至生命攸关的必须严格遵行的重大礼仪了，逐渐沦落到单纯的赛会、假面舞蹈表演等消遣娱乐的层次，直到进入衰退的最后阶段，彻底地被上了年纪的人所摒弃；它们由曾经圣哲们的最重要的业务，最终变成了儿童们消遣的游戏。正是在其衰落的这一最后阶段，我们欧洲祖先古老巫术仪礼的绝大多数今天仍然残留着；即使是这些最后的残余，也正在受到道德的、理智的，以及社会的等推动人类走向新的未知目标的诸多力量的迅速驱除。当代被认为是枯燥乏味缺乏往昔情趣与生气的。而正是那些怪异习俗和别致礼仪，把远古时期的一些气息一直保存至今。对于那些习俗与仪礼的消失，我们可能很自然地觉得有点遗憾。然而，那些有趣的赛会、那些现在看来天真无知的娱乐，都是渊源于愚昧和迷信如果将它们看作是人类努力认识自然、征服自然的一种记录，它们也是远古时期人类创作无果、努力白费和希望落空的遗迹。尽管他们做出了许多欢快的装饰——鲜花、彩带与音乐，他们的所作所为更多的是悲剧而不是喜剧。想到这一切时，我们的遗憾也就淡然了。

点燃蜡烛，防止妖巫

在兰开夏郡（Lancashire，属英格兰），妖巫们总是在万圣节①前夜聚集在彭德尔（Pendle）森林中的一座名叫马尔奎（Malkin）城堡的荒凉的农舍废墟里。它们的集会没有安着什么好意。假如你在夜里十一点到十二点钟之间在荒野附近点燃蜡烛，你就能阻止那一群乌合的妖巫。妖巫们会试图吹灭烛光，如果它们成功了，对你就更不利，假如烛光到午夜钟响之时一直稳定不灭，你便平安无事了。有人通过代表履行这一仪式，有些人晚上结伴挨家收集蜡烛，一支蜡烛一个人，用他们的话说就是用以延迟或阻滞妖巫。十九世纪初期朗里奇（Longridge，属英格兰）山区居民仍有这种习俗。

---

① 万圣节（All Saints' Day），又叫诸圣节，是西方的传统节日，定于每年的11月1日。10月31日则称为万圣节前夜（Halloween），小孩会装扮成鬼怪，提着南瓜灯，逐家敲门索要糖果，否则就会捣蛋。

教区牧师妻子的猪

1828年夏天，汉诺威（Hanover，属德国）南部的梅森纳（Meinersen）地区附近有一个名叫埃德色（Eddesse）的村庄里猪和牛闹病很厉害。试用一般的治疗方法都无效之后，农民们在村里绿草地上严肃地聚会密议，决定第二天一早点燃净火（一种隆重的篝火仪礼）。于是村子的头人挨家传话：第二天日出之前谁家也不许点火，并且每户人家都要做好准备随时把家中牲畜赶出来。当天下午一切准备工作都必须做好，以实行集体智慧做出的决定。一条窄窄的街道用厚木板围了起来，村里的木匠动手制作点火的机械。他用两根橡木柱子，在每根柱子上各凿一孔，约三英寸深直径约三英寸的圆洞，然后把两根柱子树立起来，两孔相对，距离约两英尺左右。再把一根橡木做成的棍子插进两根柱子的孔内，形成一个横档。第二天凌晨两点钟左右，每户人家都抱一束稻草和树枝按指定的次序横放在街道中心。由挑选出的最强壮的年轻小伙子来生起净火。一根大麻纤维编的长长的绳索在橡木桩的横档上绕了两圈，那枢轴都用树脂和焦油厚厚地涂抹过，旁边放着一捆拖绳和火绒。一切都准备停当了。这时，高大健壮的小伙子们便走过来抓住绳子的两头，热情地生起火来。很快轴孔里就冒出一股股的黑烟，可是令旁观者惊愕的是竟连一点火星也没引出来。有人就公开说出自己的怀疑：一定有哪个坏蛋没熄灭自己家里的火了。突然木头冒出了火焰，于是大家脸上的疑云都马上消散了。便用这生起的火点燃起街心堆放的柴禾。等火堆上的火势略微减小了一些，人们便赶着家畜——猪在最前头，其次是母牛，最后是群马——从火焰中穿过。接着牧人们便把这些家畜赶往牧场。那些特别坚定地相信净火功效的人们，纷纷把火堆中燃烧着的柴棍捡了带回家去。

在哈尔茨（Harz，属德国）山区奎德林堡（Quedlinburg）附近的一个村庄里，人们决心让一头病猪从净火中走过。听到这个消息之后，奎德林堡的行政长官便亲自赶赴现场观察。下面就是他向我们描述的所见所闻：执行人员挨家挨户检查确实都熄灭了火，因为人们都知道只要谁家仍有凡火在燃着，净火便点不着。所以执行人员大清早反复逐户检查确保一切凡火全都熄灭。凌晨两点钟时，村中牧师住宅里的夜明灯还在点着，它对于生净火当然是个阻碍，这些农民便敲牧师住宅的窗子，恳求把夜明灯熄掉。牧师的妻子却拒绝了，那灯光仍在窗子里闪烁着。窗外黑暗中的那几个农民愤怒地发誓绝不让牧师家的猪得到净火的保佑。可是说来也巧，天刚破晓，那夜明灯自己就熄了，村民们的希望又恢复了。家家户户都搬出成捆的稻草、大麻秸、木柴等供点燃篝火之用。那奔忙喧闹欢乐的情景，会使你以为他们都是赶往公开处决罪犯的刑场去看热闹的。村外，两座老圃的围墙之间矗立着一根橡树木桩，桩的一头深埋地下，桩的上半段凿有一孔，孔内插着一根涂了焦油的木制曲柄，很快轴孔里便冒出了烟火。堆积在附近的燃料立即点着了火，火焰一下子冒得老高。这时，人们开始把猪从街的这一头往另一头赶去。猪见了火，掉转头就跑，但是农民们大声吆喝着挥着鞭子把猪群赶着穿过火焰走到街的另一头。而在这另一头，另一群人正等待在那里，又把猪群赶回原来的一头。原来街这头的人群再一次把猪赶了过去。像这样赶着猪群在火焰中来回通过三次，仪式才结束。许多猪因为严重灼伤而死亡。人们撤了篝火，大家都捡一根烧过的柴禾带回家去，在水桶里浸熄后当做珍贵的东西放在牲口的食槽里。只是那位牧师妻子所喂养的猪一只也没有从净火中赶过，从而全都死了。牧师妻子深深后悔那天不曾将家中的夜明灯熄掉。

魔　杖

　　人们曾经幻想只要在仲夏节前夕砍下一棵榛树的树枝，那树枝就能充当他们的魔杖用来发现宝藏和水源。他们说如果你想取得这种神秘的树枝，你必须在仲夏节前夕的夜里背着身子倒着走向榛树，走到树跟前时就一声不响地把双手放在两大腿间，然后折下一根叉形的树枝，这样，树枝就成了魔杖，就能探出藏在地下的珠宝。如果你对这根魔杖的神秘性能有所怀疑，你只要拿着它放在水中一试就知：真正的魔杖马上就会发出像猪一样的尖叫声，若魔杖是假的，就一点声音也没有。魔杖必须在圣约翰日的夜里十一点至十二点钟时从矮小丛生的榛树上折下，借助于它，就不仅能够发现金属矿脉和地下水源，并且还能看出盗贼、凶手以及人所未知的方式方法。折木时，须祷告："上帝祝福您，高贵的桠枝。恳求您，以您的最高权能，显示出我指令您显露的东西。"在柏林及其邻近地区，人们说，每隔七年必有一根神妙的树枝长在一株榛树上，那根树枝就是人们所向往的魔杖。只要在星期日出生，并且在这种真诚的信念中教养的孩子，在圣约翰节之夜就能够找到它，一旦找到之后地球上所有的宝藏便都向他敞开了。在蒂罗尔地区，这种魔杖须在新月之时折取，也可在圣约翰节或第十二夜（即主显节）折取。一旦折到之后，便根据使用它的目的以三圣王^①之一的名义将它洗礼：如果用它来发现黄金，就命名它为卡斯帕尔（Caspar）；如果用它来显示白银，就称它为包尔萨莎（Balrhasar）；如果用它来指明地下水源，就为它起名为墨尔奇奥尔（Melchior）。

------

① 三圣王（Three Holy Kings），又称"东方三博士"（Magi）或"东方三贤士"，依据《圣经》，在耶稣基督出生后，来自东方的三位国王或贤士带着黄金、乳香和没药，到耶路撒冷朝拜耶稣。《圣经》中没有记录他们的名字，下文提到的三个名字为后人附会。

簸箕里的婴儿

在爪哇（Java，印度尼西亚第五大岛），有民间风俗或习惯把新生婴儿放在竹筐里，如农民用来筛米稻的筛子或簸箕之类。喂养婴儿的阿妈把婴儿放到筐里时，突然两手手掌敲打竹筐，其意图是训练婴儿不要胆小害怕。接着便对婴儿说道："别哭，纳甲-阿芒和卡基-阿芒（Njai-among、Kaki-among，两位神灵）在守护着你哩。"然后她又向这两位神灵祈祷说："请不要把您的小孙孙带到大路上去，以免马匹踩着了他，也不要把他带到河边去，以免他掉进河里。"这种做法的目的，据说是那两位神灵就将永远随时随地护佑这个婴儿。

中国福州地区的居民，在婴儿周岁时把孩子放在一个大筛子（农民用来筛米谷的筛子）里，筛子里同时还放了许多物品，如水果、金银饰物、称钱的戥子、书本、笔、墨、纸，等等，观察婴儿首先拿起什么物品在手中玩，以为那就是孩子今后一生的预示。譬如，假如婴儿首先抓住的是钱戥子，他将来就会很有钱；假如他首先抓的是书本，他将来就会成为一名学者，如此等等。

印度比拉斯普尔（Bilaspore）地区的风俗，有钱的人家把新生婴儿放在扬场的簸箕里，簸箕里装满了稻米，事后就把那些米都赠予喂养婴儿的奶妈。在古埃及，人们总是把新生婴儿马上放在谷筛里，周围撒上谷物。生后第七天，还放在筛子里抬着在屋里到处走遍，奶妈则随着边走边撒小麦、大麦、豌豆和食盐等。这些做法据说是为了防止恶魔侵害婴儿。

出于同样的动机，一些别的民族也有把新生婴儿放在簸箕或谷筛里的。例如，在旁遮普（Punjab，属印度）如果某人家几个孩子相继死亡，那么再有婴儿诞生时就把新生婴儿放在一个旧的簸箕里，跟家中堆积的垃圾放在一处，拖到屋外院子里。这个婴儿，像狄俄尼索斯①那样，今后一生就被叫作簸箕或累赘。这样对待婴儿，其目的似乎是蒙骗那夺走过婴儿兄姊的魔鬼，以救护婴儿的性命。那些邪恶的魔鬼总是觊觎侵害新生婴儿，但他们绝不会想到去垃圾箱里去搜寻，后者便成了育儿人家保护婴儿的最后一线希望之处了。

---

① 在希腊神话中，狄俄尼索斯是葡萄树神、树神、花神，也是农业谷物之神。狄俄尼索斯的徽志中有一种簸箕，据说农家婴儿出生时总把狄俄尼索斯的神像放在簸箕里，好像放在摇篮里似的。

旋陀螺与化装舞会

　　东南亚的卡扬人在播种节日期间，其习俗要求隐退休闲，进行种种游乐。乍一看来好像只不过是一般的娱乐活动，而实际上在那些人的心目中却蕴含着更深层的意义。例如，男人们经常玩一种旋陀螺的游戏。那陀螺是光滑的木头做的，有好几磅重。各人都使劲抽自己的陀螺，要让自己的陀螺碰倒别人旋动着的陀螺，而自己的陀螺仍继续旋转不倒。通常总是先雕制好许多新陀螺供节日之用。年纪大些的人，有时候使用铁木做的陀螺。每天晚上年轻人聚集在族长家屋前的空地上作力量与机敏的竞技。妇女们则在屋子的回廊或阳台上观看。

　　播种节期间的另一项群众娱乐活动是化装舞会。舞会场地就在族长家屋前空地上。将近黄昏时，村里人就开始聚集到族长家，在回廊或阳台上占个好位置，以便观看化装舞蹈。所有戴假面具的人扮演的都是邪恶鬼怪。男人们脸上戴的是丑恶的木制假面具，身上裹着厚厚的撕裂了的芭蕉叶，仿佛恶魔丑恶的面孔和毛蓬蓬的身躯。年轻的妇女们头上戴着圆柱形的篓子，遮住了面孔，却在篓子外面粘着一道道白棉花条，构成怪诞可笑的脸面，供人们观看。一位荷兰探险家曾经亲自看过这种场面。舞台上首先出现的是几个男人，头戴木制面具和头盔，身上裹着厚厚的芭蕉叶，看上去像是一堆绿叶在移动。他们按着锣音的节拍无声地跳着舞。他们后面跟着许多人，有的还表演战争舞蹈。由于身上缠裹的树叶过于沉重，他们很快就跳累了。尽管跳得很高，他们却并不发出战斗的呐喊，在军事操练中通常都是要大声呼喊的。夜幕降临后，舞蹈停止了。接着演出短剧，描述一只野猪被一群猎犬追逐得走投无路的情景。扮演野猪的演员戴着一副木制的野猪脸面具，四肢着地，在场上乱跑，同时嘴里发出像猪一样的嚎叫声。一些年轻人扮演一群猎犬，嗥着，吠着，在野猪后面追逐，猛力冲扑。观众看得津津有味，不时发出震耳的笑声。继短剧之后，八个化了装的女孩子在火炬闪闪的光亮中和着类似犹太人竖琴的乐声，一个跟着一个，摆动着玉臂，轻盈地在场上缓缓起舞。

荡秋千，翻花篮，歌唱

新几内亚的卡伊人（Kai）为了获得芋头和甘薯丰收，采取了许多迷信措施。譬如，为了使甘薯的根深深长入地下，他们用被杀死后扔在洞穴深处的野兽的骨头触摩薯秧，想象跟那兽骨深藏地内一样，薯秧经它触摩后，其根部也能深深长进地下。为了使芋头长得又大又沉，在栽种之前把芋秧置放在一块又大又重的石块上，相信那石块会把那又大又重的宝贵特性传给长大的芋头。此外，他们还大量使用符咒和念咒等方法来促进农作物生长。凡持符念咒者都必须吃斋，直到农作物长势良好、丰产可望时为止。例如，吃斋者不得食用人们喜爱的美食之一——嫩笋。因为嫩笋都长着美好的笋箨，可以刺激人的皮肤引起瘙痒。卡伊人推断，如果持符念咒促使地里的作物生长的术士吃了竹笋，笋箨上的毛刺便通过该术士传染到这些地下果实上，从而结出的果实也带有令人不快的辛辣味。由于类似的原因，为作物施行法术的术士，知道自己职业的特点，从来不敢吃螃蟹，因为他们很清楚，如果吃了螃蟹，作物的茎和叶便将被滂沱的大雨打成碎片，就像死螃蟹细长易碎的腿那样。如果这些术士吃了可以食用的蝗虫，卡伊人便以为经过这些轻率粗心的术士施过法术的作物，就将要被蝗虫吃光。最重要的是，凡与种植作物有关的人，绝不能吃猪肉，因为无论野猪或家中驯养的猪都是庄稼的死敌，它们拱坏并糟蹋庄稼。其结论自然是在农场干活的人，若是吃了猪肉，其庄稼必将遭受猪的侵袭践踏。

但是，卡伊人为芋头和甘薯的好收成而采取的预防措施还不只这些。在当地土人看来，还有好些游戏对于促进地下果实的生长也是重要的。这些游戏在地里作物已经收获完毕之后方可进行。例如，认为用一种长而韧的大芦苇系在树杈上荡秋千，对于新栽的甘薯的生长有良好的作用。所以男女老少都打秋千。凡关心自家地里作物的人没有不荡秋千的。随着秋千荡来荡去，他们还唱着荡秋千的歌。那些歌的内容常常仅是甘薯种类的名称，加上反复变唱欢快的收获号子："为找到了一种美好的果实！"当从秋千上跳下来时，他们叫喊着"卡库莉莉"（Kakulili）。他们呼喊甘薯的名字，是想促使薯秧出土长高。当薯秧开始上长时，人们便做一张小弓，上面插着带有一根羽毛的木制小旗，那旗可以向下滑动。然后用弓轻轻敲击薯秧，同时唱一首往后村里人常常反复歌唱的歌。这样做的意图是要使薯苗长得旺盛。为了使甘薯茎叶长得青郁繁茂，卡伊人还玩一种翻花篮的游戏，翻出的种种花样，都有一定的含义和相应的名称。例如，"鸽群""星星""飞狐""西米椰子簸箕""金丝雀和狗""猪""地里的岗棚""鼠穴""竹丛中的黄蜂窠""大袋鼠""蜘蛛网""小孩们""独木船""雨和阳光""猪坑""鱼卵""两伙伴"。他们翻出当地产的大橄果或一种野生的无花果，认为这就促进了新栽的芋头的成长，芋苗就会"翻过身来，长得宽大"。这种游戏只许在栽芋头的时候玩儿。用西米的叶筋做成微型的矛叉扎芋苗的叶茎，也同样有促使芋头生长的效果。这是在芋苗已经发棵，尚未长出块茎的时期进行的。从许多茎上摘下一片叶子，把叶片带回村里，两个人面对面地坐着，相距三四步远近。彼此身边放着许多芋头叶茎。谁先扎完对手的叶茎，谁就赢了。然后交换叶茎，各又重扎一回对方的叶茎。他们认为这样插扎芋头叶茎，能够刺激芋头块茎生长。当地里农活随着作物的生长日益繁忙的时候，比这些游戏更为奇异的是卡伊人的另一习俗，即新栽种的作物发芽抽苗时期，人们只能讲述古代或民间流传的故事。每讲完这样一个故事，卡伊人的讲故事者都要说出各种薯蓣的名称，并且着重加上一句："茎叶旺，蓣块多！"从这些结束语中，我们可以看出卡伊人讲述那些故事都有一个明确的目的，就是促使地里栽种的薯蓣长得好。通过对古代生物——栽种在地里的作物的起源——的记忆，卡伊人以为这样就能促进它们丰产。当这些作物栽种完毕，开始出芽时，讲古老故事的活动也随之结束。在那些村庄里，总有少数几个老年人是讲古老故事的能手，能够引起听众的浓厚兴趣。

纪念死难战士的竞技比赛

希腊人有时举办一些竞技比赛来纪念在战争中阵亡或在冷酷的大屠杀中丧生的人们，安抚他们的亡灵。迦太基人①与蒂勒尼安人②共同在一次海战中击败了福西亚人③，把所有俘虏全部押送到伊特鲁利亚④阿吉拉（Agylla）附近用石头砸死。从那以后，只要阿吉拉的人赶着他们的牛羊从当年屠杀的场地经过时，总要遭到一种奇怪疾病的侵袭，他们的身体扭曲，四肢失去活动能力。他们祈求德尔菲（Delphic）的神谕，女祭司告诉他们必须向死亡的福西亚人大量献祭并举行马术与体育竞技来纪念死者，借以安抚那些愤怒的鬼魂。据信正是那种鬼魂造成这种奇怪疾病的。在普拉提亚⑤直至公元二世纪时仍可见到古代在与波斯人大战中阵亡者的坟墓。人们每年都十分隆重地向那些阵亡将士祭祀。普拉提亚的首席行政长官，身着紫色祭袍，亲自拭洗那些墓碑并抹上芳香油料，然后又在燃烧的柴堆上屠宰一头黑色公牛，祷请阵亡将士的灵魂前来享用。他斟满一碗酒，洒向地上，口中说道："谨向为捍卫希腊自由而牺牲的将士们祭酒。"

① 迦太基人（Carthaginian），北非古族名，聚居在地中海边现代突尼斯附近。
② 蒂勒尼安人（Tyrrhenian），古意大利的一个民族。
③ 福西亚人（Phocaean），古代聚居在小亚细亚以西、希腊以东爱琴海的岛屿上。
④ 伊特鲁利亚（Etruria），古意大利中西部的一个国家。
⑤ 普拉提亚（Plataea），希腊维奥蒂亚州内的古战场，古希腊人曾于公元前479年在此地击败了波斯人。

具有盛大集会性质的体育游艺竞赛

　　似乎许多不同的民族都有举办竞技（包括赛马）以纪念死者的习惯。正如古希腊人在古代毫无疑问地对许多著名人物（他们的存在跟惠灵顿和拿破仑一样无可怀疑）这样做过，对于"奥林匹克体育和文艺竞赛以及希腊人的其他重大运动会乃是为纪念曾经生于兹、长于兹、死后葬于兹的真实的人们而就地举行的"这一传统说法，我们不应该斥之为不可信。鉴于被纪念者在世之日是伟大而强有力的人物，死后也被尊为伟大而强有力的神灵，为纪念这样的人物而进行的运动游艺活动，自然会吸引众多的观众。每逢这样的日子就需要为聚集在该地的广大观众提供食宿，从而便招来大批小贩和商人，而原来在该地隆重举行的宗教仪式就逐渐地演变成带有庙会集市的性质。也就是，人们为了贸易和娱乐的目的而辐辏起来。这一理论，不仅可以说明奥林匹克运动会以及其他希腊运动大会的根源，也可以说明古代爱尔兰的重大集市庙会或公众聚会的渊源。后者曾被比拟为希腊的体育运动大会，是不无理由的。

　　爱尔兰人的两个最著名的节日活动，其中赛马尤为突出，实际上据说就是为纪念死者而设立的。最出名的便是泰尔蒂乌（Tailltiu）或泰尔廷（Tailltin）集市庙会，地址设在米思县

（Meath，属爱尔兰），即现在的特勒镇（Teltown）的黑水河畔，介于那旺（Navan）与凯尔斯（Kells）两地之间。这一节日活动持续一个月之久，从8月1日收获节①前两周开始，直到收获节后两周结束。集市的主要特色是勇敢的体育运动竞赛，其中又以赛马一项占主要地位。不过贸易是不能忽视的。该集市上的商品包括婚育年龄的妇女被卖作人妻一年。据说这一习俗做法一直到十九世纪时还有。迄今农民还能指出当年在该地结亲的现场，他们称之为"婚姻之窟"。赶集的人群不仅来自爱尔兰各地，甚至还有从苏格兰来的。据官方记载，公元1169年集市期间，除步行前来的人群不算，仅马匹和四轮轻便马车便从泰尔廷到靠近凯尔斯的穆拉-艾蒂［Mullach-Aili，即现在的洛伊德山（Lloyd）］一直延续排列有六英里以上的长度。爱尔兰的历史学家们记述，泰尔廷的集市是卢格②为纪念其养母泰尔蒂乌（Tailltiu）而创设的，他把他的养母葬在该地一个巨冢之下，并下令年年岁岁要在该地举行一次纪念活动，包括文艺体育运动比赛。

古爱尔兰的另一盛大集市每三年在伦斯特（Leinster）的卡曼［Carman，现名韦克斯福德（Wexford）］举行。此集市于收获节那天（8月1日）开始，持续六天。节日期间每天有一次赛马。草坪上分成不同部分，设有粮食、牛、马等不同市场，另外还有商人们的金银珠宝市场。竖琴师弹着竖琴，风笛手拉着风笛，向赶集的群众献艺。集市的另外一些地点上，吟游诗人向着迷的听众说唱着古老的传奇故事：掠夺、围捕畜牛、战争与屠杀、爱情、求爱与婚姻。每项文艺最佳表演者都获得奖赏。据《巴利穆特书》(*The Book of Ballymote*，或译《微尘集》)，卡曼或加曼集市是按照一位名叫加曼（Garman）的酋长临终时的遗愿，将他葬于此地，并且创立一个集市来悼念他，永远用他的名字命名这个集市。人们认为这是一项非常重要的建树。伦斯特人遵从了酋长的遗愿，这么做了，而且年年按时举行这些竞赛，便得到种种福佑，包括谷物、果蔬、牛奶丰收，江河水产丰富，家庭兴旺，不受任何外地的奴役羁绊。另一方面，凡忽视这一集市，不予遵行者，就要遭受谴责，会使农事歉收，家运不济，百姓和国王的体力俱皆早衰或短寿。

---

① 英国（英格兰）古代的收获节，定于每年8月1日，以新收获的麦子做出面包，在弥撒仪式上献祭。

② 卢格（Lug），古爱尔兰民间传说中的英雄人物。

月亮的孩子与流星

加利福尼亚的一些印第安人把天空中的流星叫作"月亮的孩子"。年轻的妇女们一见到流星时，便立即趴在地上，捂着脑袋，恐怕流星看见了，她们的面孔就要变丑并有病态。墨西哥的塔拉乌马拉人（Tarahumare）相信一颗流星就是一个死了的术士前来伤害在他生前伤害过他的人的。因此，他们一见到流星，便慌作一团，失声惊呼。一位德国旅行者在巴西中部的博罗罗人（Bororo）那里旅行时，曾见一颗光芒四射的流星在天空陨落，引起那印第安人全村惊愕不安。他们相信那是一个已死巫医的灵魂突然以这种形式显现，是向人们宣告他要吃肉，而且作为第一步，他将使某些人染患痢疾。男人、妇女、儿童都从自家的小屋里跑了出来，好像被捅了窠穴的蚂蚁一般，成百上千地齐向流星高声呼喊。很快生起了营火，围绕营火不远处，一群群黑暗的人影聚集起来。营火与人群中间，有两位术士在闪烁的火光中充满了坚强的信心，脸上涂得红红的，摇摇摆摆、跌跌撞撞、如醉如狂地向着天空流星划过的短暂却光辉的轨迹不停地吐着唾沫，喷着鼻息。他们右手捂着喊叫的嘴巴，左手高举一束香烟，似乎向那愤怒的流星祈祷说："谨向你献上这束香烟，求你不要闯来此地。如果你不让我们平安，你也要倒霉的。"

敦刻尔克的巨人

　　在敦刻尔克①，每年仲夏节，即6月24日，都有巨人游行。这就是人们熟知的"敦刻尔克轻歌舞"节日，它吸引着无数的观众，所有旅店、私人住宅，都不够外地前来的观众住宿，很多人不得不住在地下室，甚至露宿街头。1755年那次，一位目击者估算，除本镇居民外，外来观众足有四万余人。游行队伍经过的街道，全都排列着两行士兵，沿途房屋从顶到底挤满了观看的人，大教堂里举行着大弥撒②。游行开始了，走在前面的是同业公会或兄弟会的队伍，两人一排，手中举着点燃了的巨大蜡烛。走在他们队伍后面的是男修士们和郊区牧师们，然后是穿着堂皇庄严的修道院院长。等这一行队伍走过之后，真正的轻歌舞才开始进行。它们由各种各样壮丽的游行队伍组成，由运货的大车载着缓缓通过。这些轻歌舞的壮丽队伍似乎每年都有所不同。据目击者描述，以1755年和1757年那两年的游行队伍为例，一个壮观的景象是一辆用青枝绿叶装饰得像一座森林的大车，车上载着许多身披树叶或绿色鳞皮的男子，他们用锡制的注水器向街道两旁的人们喷水。有一位英格兰人旁观者曾将这些化装表演者比之为英格兰五朔节化装游行的绿衣人③。游行队伍的最后才是男、女巨人。男巨人是用柳条编制的巨大人形，有时高达45英尺（约合13.7米），身穿蓝色带金黄条纹的长袍，直拖到脚下，里内藏着12个或更多的男人，这些人操纵着它舞蹈，向旁观者微微点头。这位巨大木偶名叫罗伊斯爸爸，他的口袋里装着一个按大人国尺寸比例做的栩栩如生的婴儿，用雷鸣般的嗓音不断喊着"爸爸，爸爸"，只有当街道两旁窗子里递出食物给他吞吃时，才稍停一下。跟在巨人后面的是巨人的女儿，同她的爸爸一样，她也是由柳条编制的。如果有什么不同的话，就是比她爸爸的身材略小一点。她身穿玫瑰色的长袍，旁边挂着一只金表，跟暖盆一般大小，胸前还挂着闪闪发光的珠宝，面容高贵，两眼和头发优美地转动着（由她体内藏着的人巧妙地操纵的结果）。由于1789年革命的发生，这种巨人和轻歌舞的游行便随之终结，嗣后就再没有恢复了。

---

① 敦刻尔克（Dunkirk），法国北部海港，濒临北海。

② 弥撒是天主教的一种重要的宗教仪式，举行这种仪式时伴有烧香、奏乐的叫作大弥撒，没有烧香、奏乐的叫作小弥撒。

③ 绿衣人，即"绿衣杰克"，请参看《金枝》中文版（汪培基等译，商务印书馆，2017年）。

跳脚王

在暹罗，阴历每年六月初六日总要指定一个人当国王。临时国王在三天之内可以享有国王的大权，真正的国王则闲居在自己的宫内。临时国王派出许多自己的仆从分往各地市场商店，见到什么就抢走什么，没收为己有。甚至在这三天内进港的轮船和帆船也都要没收归他所有，船主必须出钱赎回。

临时国王带着一副镀金的犁，用一匹装饰得华丽的牛拉着，来到市中心的一片地里，先把牛抹上香，犁涂上油，然后就用犁犁出九垄地来，一些宫里的老年妇女跟在他后面撒下当季的第一批种子。等临时国王犁完了九垄地，旁观的群众马上拥了过来，纷纷寻找刚才播下的种子。他们相信把捡回的这些种子跟自己要播种的种子掺合在一起，就一定能确保丰收。他们接着卸下牛脖子上架着的轭，把稻子、玉米、芝麻、西米、香蕉、甘蔗、西瓜等摆在耕牛面前，看它先吃什么。人们便依此判断牛第一口吃的东西来年价格一定看好。不过也有人对此作相反的解释。

这时候，临时国王靠在一棵树上，右脚放在左膝上。由于他这样一只脚站着，人们都称他为"跳脚王"；但是他的官衔则是"法耶·福拉锡卜"（Phaya Phollathep），即"众天之主"

的意思。他做的是属于农业大臣做的事，凡有关田地、谷物等的争执都由他处理。另外还有一个他充当国王的仪式。仪式在每年二月（正是寒冷的季节）里举行，持续三天。一行队伍簇拥着他来到婆罗门庙对面的广场上，场内立着许多柱子，装饰得跟五朔节花柱一样，许多婆罗门正在花柱搭成的秋千上荡着秋千。当婆罗门又荡秋千又跳舞的时候，这位"众天之主"都得在一个位子上用一只脚站着。那位子是用砖砌的，上面覆着一块白布，挂着锈帷。他靠在一个带有镀金华盖的木制框架上，两旁各有一个婆罗门侍立。跳舞的婆罗门随身带着牛角，用它从一口大铜锅里舀水向观众喷洒。据信这样会给人们带来好运，让大家生活得和平安宁，健康幸福。"众天之王"要这样独脚站立三小时左右。这样做据认为是要"证明神灵的意向"。如果他让放在膝盖上的脚落地了，"国王就要没收他的财产并将他的家族罚为奴仆。因为人们认为脚落地是不祥之兆，它预示国家将要毁灭，王位不稳。如果他站得很稳，人们就认为他战胜了妖邪，于是他就获得更多的特权（至少表面上如此），他还能占有在这三天内进港的任何船只，拿走船上装的所有东西，他还能走进镇上任何开门营业的店铺，随意拿走他喜爱的东西"。

直到十九世纪中叶或更晚些的时候，暹罗人的跳脚王的职务和权力都是这样。在晚近的开明君主的统治下，这个古怪角色的光辉已在一定程度上减色多了，他的职务重负也解除了很多。跟往昔一样，他仍然注视着那些婆罗门在架在两根高约90

英尺（约合27.4米）的柱子间的秋千上来回飞荡。尽管公众的意见仍期望他在整个仪式过程中把右脚放在左膝盖上，但是他毕竟被允许坐下了，如果他的脚太累了，他可以把脚放在他面前而不再受惩罚，虽然人们也为此感到十分懊恼。其他一些迹象也表明了西方的文明和观念对东方的侵袭。通往这一表演现场的大道上挤满了马车，路灯柱和电线杆矗立在稠密的人群中，热情的观众像猴子似地爬到杆上观看。一支穿着朱红和黄色服装的旧式乐队，一路不停地吹打着古老的喇叭和鼓，穿着漂亮制服的赤脚士兵队伍按着一支现代军乐队奏出的《挺进佐治亚》（*Marching Through Georgia*）的轻快乐曲生气勃勃地走过。

在炽热的石上行走

在姆奔加岛（Mbengga，太平洋上的岛屿）上，人们每年都采集丛生在山边杂草中的一种龙血树属植物，用它的须根制糖。为使其须根适于食用，须要将它们放在很烫的石头上烤上四天。做法是挖一个大坑，坑内填满大石头，放进许多树桩木头点燃，当火势稍弱，石头烧得炽热时，便可将那些须根放到石头上烘烤了。这时候，一个叫作纳·伊维兰卡塔（Na Ivilankata）氏族中的一些成员，受诸神的庇佑，跳进那坑内，在炽热得可以灼焦任何人手脚的石头上行走，却丝毫无恙。有一次，一些欧洲人见到了这一场面：该氏族中的15个男子汉，披着花环和穗饰，从坑的这一头走到那一头，坑内石间火苗在跳跃着，他们却安全完好地通过，没有受到一点损伤。那火坑约19英尺（约合5.8米）宽，那些男人一步一步稳稳当当、扎扎实实地踩着每一块火砖在火坑内转圈。等他们从坑内走上来以后，人们检查了其中一些人的脚，确实没有一点灼焦的痕迹，连他们脚踝上穿戴的干桫椤树叶也没有烤焦。

有一个传说故事解释了该氏族成员的这种神奇能力。古时候，该氏族的一位族长从某神那里为他本人和该氏族的子孙后代获得了这一惊人的本领，当时那位族长曾经拉着那神的头发把它从一个深水潭中救了出来。

玛瑞克

在巴西北部，靠近圭亚那边境地区的印第安人的一个部族里，未婚男青年必须经受蚂蚁和黄蜂的螫刺。该青年待在形状奇特、像四足动物或鸟似的格子框架内，忍受蚁、蜂在自己一丝不挂的身躯上任意刺螫。凡这样受螫的人无不晕倒，像死了一般，被抬到自己的吊床上，用绳子紧紧捆绑起来。待他苏醒后，浑身痛楚，翻转不停，好像就要崩溃似的。这种可怕的考验，印第安人称之为玛瑞克（Maraké）。

在法属圭亚那的一个印第安人部族里，也有与此相同的考验方式，名字也叫玛瑞克。不过听说那里的印第安人已经不再认为这是婚前必不可少的考验，"这种做法毋宁说是一种民族的医疗方式，主要施于男女青年。如应用于男青年，这种玛瑞克训练他们，使之避免笨重懒惰，变得活泼、敏捷、勤劳、有力，精于设计。若不用这种考验方法，则这些印第安人就会总是懒散、没精打采，总是有些低烧，老爱躺在他们的吊床里。至于妇女，经受了玛瑞克的考验，就能不打瞌睡，变得活泼、敏捷、机警、有力，喜爱劳动，成为好管家、好劳动者。每个人一生至少要经受两次或三次玛瑞克的考验。如果本人乐意的话，还可更多几次。大约八岁以上的人，就可经受这种考验。如果四十岁的人仍自愿接受这种考验，也没人觉得奇怪。"同样，加利福尼亚州圣·胡安·凯皮斯特兰诺（St. Juan Capistrano）地区的印第安人也习惯在身上刺画，他们一般刺在右臂上，也有刺在大腿上的，但这并不作为刚强坚毅的验证，而是因为他们相信这一习惯做法能增强胆力，能更好地使用弓箭。然后他们又用荨麻抽打全身，用蚂蚁蜇刺遍体，以便使他们更加壮健。这些都是在夏天七八月间荨麻生长最茂盛的时期进行的。他们采集荨麻，分成小捆，扎在一起，用来鞭笞那蒙昧的印第安人裸露的四肢，直打得其人不能动弹为止。接着又把他抬到附近最猛烈的一种蚂蚁的穴边，把他放在那些蚂蚁中间，他的朋友们有的还用棍子挑逗那些蚂蚁，激怒那些蚂蚁更加猛烈地咬蜇他。他们经受的是何等的痛楚！多么苦痛！何等可怕的苦难！然而他们的信念给予了他们力量，忍受着这一切，一声不哼，像死人一般躺在那里。经受了这些可怕的考验之后，这些人就被认为是不可伤害的，敌人的弓箭再也不能伤害他们了。

熊　节

　　冬季的末尾，阿伊努人（Aino，日本北方原住民）捉到一只熊崽，带回自家的村子里。熊崽若是很小，便交由一位阿伊努妇人哺乳。如果没有能予以哺乳的妇女，就予以喂养。熊崽若啼得厉害，想它的妈妈（熊崽会这样的），它的主人就把它抱在怀里，带着它同睡几个夜晚，以消除熊崽的恐惧和孤独感。白天，它在小屋周围跟孩子们一起玩，人们非常钟爱它。等它长大了，足以抱住人抓伤人的时候，便把它关在一个结实的木笼里。一般总要关上两三年，用鱼和小米粥喂养它，喂到可宰了吃时为止。但是值得注意的是，喂养幼熊并非单纯为了它的肉好吃，而是尊敬它，把它当作一种物神甚至更高级的神灵来供养的。

　　在耶左（Yezo），这一节日通常在九月或十月间进行。宰熊之前，阿伊努人先得向他们的诸神赔礼，声称他们已尽最大努力厚待该熊，现在已不再能够饲养它了，只好将它屠宰。设此熊肉宴会的人邀请他的亲戚朋友，若是一个小村庄的话，几乎全村的人都来参加这次宴会，而实际上远处村子里的客人也接到邀请，一般也都前来参加，乐于不费分文获得一醉。邀请的方式大致如下："敝人某某某即将献祭那住在群山中的亲爱的小神熊，谨备菲宴，敬请诸尊长亲友光临，同送神熊，共兹欢乐，是幸。"当全体宾客都聚集在木笼前面的时候，一位特别选出来致祭词的人便开始对笼中的熊说话。他对熊说他们就要打发它回它的祖先那里去了，他请求熊宽宥他们的所为，祈求它不要发怒，并且宽慰它说这些削过的神杖、大量的糕饼和美酒都是送给它带着在旅途中用的。

人们听到过以下这类的祭词："啊，神熊，您是天生供我们猎食的，我们礼拜您，尊贵的幼神，请您聆听我们的祷告。我们辛辛苦苦饲养您长大，因为我们是这样的爱您。现在您已经长大了，我们就要送您回您父母身边去了。请您见到他们时，替我们美言几句，让他们知道我们待您很好。求您再回到我们这里来，我们将向您献祭。"

用绳把熊绑好之后，便把它放出笼外，然后用无镞的箭杆纷纷向它射去，极力将它激怒。小熊拼命挣扎了一阵之后，便被捆绑在一根木桩上，脖子卡在两根木杠之间，嘴被箍住，脖子被勒住，接着人们一齐动手，猛烈地将两根杠子合拢，将神熊轧死。与此同时，一位好射手又向它猛射一箭，直中熊心，却又不透过，这样熊血便不会喷洒出来。因为人们认为如果熊血滴到地面，他们就要遇到不幸。不过，有时候男人们还趁热喝熊的血，"这样便可以获得熊身上所具有的刚勇及其他优良气质。"有时候他们还把熊血抹在身上和衣服上，认为这样可以确保狩猎时有很好的捕获。轧死那熊之后，剥下熊皮，割下熊头，放在屋内东边窗子前，同时还供奉一块生熊肉，一碗煮熊肉，一些小米汤团和干鱼等物。他们向死熊祈祷，除了祈求许多事物以外，有时还祈请它见过它父母之后再回到这世上来，以便他们再饲养它，再献祭。

当他们认为死熊已享用过它自己的血肉之后，宴会的主人便端起那上供熟肉的碗，先行敬礼，然后将肉分给在场的每一个人，每一个在场的人，无论老幼，都必须尝一点。那碗叫作"供碗"，因为刚刚用它向死熊上供的。除供奉的熟肉之外，其余熊肉也都煮熟了同样分给所有人吃，每人至少吃一点点。如果谁不参加这一熊宴，就等于退出这一群体，人们就将把这位叛徒从阿伊努人的社会里开除。从前，熊身上的一切，除骨头外，要全部在宴席上吃光；现在，已不再那么严格执行了。熊头，早已割了下来，挂在屋外神桩旁边的一根长竿上，一直要挂到熊头完全风干只剩下白森森的颅骨时。这样挂着的熊颅骨，只要它们没有风化而自己毁掉，每到熊宴节期间便要对它礼拜，而且平时也要经常对它礼拜。阿伊努人声称他们确实相信这些受尊崇的死熊的灵魂藏于它们的头颅之内，所以他们称那些头颅为"神灵保藏器"和"尊贵的神灵"。

一位旅行者作了这样的叙述：进入一座小屋，他看到屋里大约有三十来位阿伊努人，男的、女的和小孩，都穿着他们最漂亮的服装。主人首先向炉床上酹了一杯酒，祭奠火神，其他的人也都依次祭酒。接着又向屋内神龛中所供的家神致祭。在这过程中，那位喂养神熊的主妇一直独坐一旁，戚然无语，不时落泪。她的悲哀，显然出于真诚，随着仪式的继续进行而越发哀伤。再接着，主人和几位来客走出小屋向囚熊的木笼祭酒，又向笼内的熊递上一个碟子，里面盛有几滴酒，那熊随即就把它打翻了。妇女和姑娘们开始围着木笼跳舞，都面向着熊，双膝微微弯曲，脚尖着地，腾身起跳。她们一边跳，一边拍掌，唱着单调的歌。那主妇和几个可能喂养过好些熊的老妪含着眼泪，一边跳，一边向熊伸出胳膊，用非常亲热的字眼对熊说话。年轻的人们却又笑又唱，并不那么多情伤感。那熊被这些喧闹声骚动起来，开始在笼内左冲右突，哀哀嗥叫。主人又向矗立在屋旁的神桩祭酒。这些神桩约两英尺高，顶端削成螺旋形的薄片。另外又特意竖立了几根带着竹叶的新柱专为此熊节宴会之用。每宰一只熊便要这样竖几根新柱，已成惯例。新柱上附带的竹叶，意指该熊被杀后可以复生。笼内的熊被放了出来，脖子上套着一根绳索，被牵到小屋附近。这时候，众人在头人率领下用装着木把的箭头纷纷射向那熊。熊被牵到神桩前，嘴里被横勒着一枝木棍，九个男人压在它身上，使劲把它的脖子按到一根木杠下，不到五分钟，那熊便一声不哼地断了气。

与此同时，妇女和姑娘们都在男人们身后站好，她们跳着舞，哀悼被杀的熊，敲打那些杀熊的男人。熊的尸体被放在神桩前的一块席子上，熊的脖子上挂着从神桩上拿下的一把刀和箭袋。因为那是一只母熊，所以还给它戴上了项链和耳环，又向它献上食物和饮料，如小米汤团、小米饼和一罐米酒。男人们在死熊面前的席子上坐着，向熊祭酒，自己也开怀豪饮。这时候妇女和姑娘们已抛开一切哀戚，欢快地跳着舞，其中老妪们跳得更为欢乐。当欢乐达到顶峰时，原来放熊出囚笼的那两个阿伊努人便爬到小屋屋顶上向人群中抛撒小米饼子，在场的人不分男女老少纷纷抢上前去接那些饼子。

宰熊前的悼词

据说萨哈林（Saghalien）地区的阿伊努人并不把熊看作是神，而只是他们派往森林之神那里去执行各种任务的通信员。他们把熊关在笼里大约两年左右，便在一次节日里把它杀掉。这熊节总是在冬天的一个夜晚。献祭的前一天专门为熊哀悼，老妪们在囚熊的木笼前哭泣哀叹，互相安慰。午夜以后，凌晨以前，一位代表对熊讲了一大篇话，诉说他们对它一直照顾、喂养，在河里替它洗澡，使它温暖舒适。然后他提出："现在我们可以为你举行一个盛大节庆活动。你千万别怕。我们不会伤害你。我们只是把你杀死，把你送到爱你的森林之神那里去。我们即将设宴款待你，这将是你在我们这里吃到的最好的伙食，我们全体都要为你哭泣。杀你的阿伊努人是我们中间最好的射手。他就在这儿，他在哭泣，求你宽恕，你将几乎毫无感觉，很快就过去了。你要理解我们不能总是养着你。我们为你做的已经很够了，现在该轮到你为我们而牺牲你自己了。我们将请求神，冬天给予我们丰富的海獭和黑貂，夏天给予我们丰富的海豹和鱼。请不要忘记我们托你带给森林之神的话，我们很爱你，我们的孩子将永远不会忘记你。"

那熊在旁观群众的普遍激情中吃了它的最后一餐，老妪们重又哭泣起来，男人们发出沉闷的呼声。那熊被放出笼外，用绳索捆绑起来（当然捆熊是困难和危险的），被牵着或拖着（取决于熊是否驯从）绕它的笼子走三匝，再绕主人的屋子走一匝，又绕致悼词者的屋子走一匝。随后它就被拴在一棵树下，树上挂着常用的祭祀木杖，那位致悼词的人又向熊作了一次长篇大论的讲话，这样的讲话有时可以一直说到天亮。"请记住，"他大声说道，"记着我对你讲的你的一生和我们为你付出的辛劳。现在该你来尽你的义务了。不要忘了我要你做的事：告诉诸神给予我们财富，使我们的猎人能从森林中得到许多珍贵的皮毛和好吃的动物，我们的渔夫能从海里或岸边找到大批的海豹，捕获大量的鱼群。我们把希望都寄托在你身上了。恶鬼们嘲笑我们，它们过多地为害、不利于我们，但是它们在你面前都要低头。我们给了你食物、欢乐和健康。现在我们杀你，是为了让你回报我们，给我们和我们的孩子送来财富。"

那熊越来越骚动乖戾起来，对这一大篇讲话根本就没听进去。它绕着树一圈又一圈地走着，哀哀嗥叫，直到一线朝霞升起，一位射手一箭直射其心。弓箭手射中熊心以后，立即扔下手中的弓，翻身拜倒于地。所有在场的老年人也全都匍匐于地，挥泪啜泣。他们向死熊献上米饭和野生甘薯，对它诉说怜惜和感激的话，然后砍下熊头、熊掌，作为神物保存起来。接着就举行熊宴。过去妇女不得参加，现在妇女可以和男人一起分享了。他们的习俗是熊肉只能煮了吃，不得烤炙。熊身上都是宝物，不得由门口拿进屋内。将稻米和野生甘薯向熊头上供，并慎重地将一根烟袋、烟草和火柴等置放在熊头旁边。他们的习俗要求来客必须将熊肉吃完方可离去。肉里不得放盐和胡椒。熊肉不得给狗吃。宴后，把熊头拿到森林深处藏起来。过去每年熊宴后堆藏在这里的熊头都已腐朽成了泛白的颅骨。

向死鲸谢罪抚慰

　　未开化民族的猎人喜欢猎捕却又对之心惊害怕的一种庞大的动物是鲸鱼。西伯利亚东北部沿海的科里亚克人（Koryak）每杀死一只鲸鱼之后，都举行一次社区性的节庆活动。这样做主要是基于这一想法：被杀的鲸鱼是来本村访问的，它来逗留几天，应当受到隆重礼遇，它回到海里以后明年还要再来访问，它还会告诉它的亲友在这里受到的友好款待，从而邀同它们一齐前来。按照科里亚克人的观点，鲸鱼跟其他动物一样构成一个族类，就像居住在一些村庄里的科里亚克人一样，有关系的鲸鱼形成一个家族，它们要为其被杀害的成员报仇，对其成员所受的恩惠表示感激。

　　有一位探险者目击过这样一个节庆活动。一头白鲸陷入鱼网而被捕，由于海面基本上封冻了，鲸鱼的尸体得用雪橇拉上岸。当看到雪橇拉着鲸鱼快到海滩时，许多妇女，身穿绣花长裙，手持点燃着的火把，便走上前去迎接。这种手持从灶膛里取出的燃烧着的火把的做法，是古代科里亚克人迎接贵客的风尚。严格说来，走上前去迎接鲸鱼到村里来的妇女们应该戴着草编的面具，身穿舞裙，手持祭祀用的赤杨树枝和火把。不过现在这些妇女已不再戴那种面具了。她们摇晃着脑袋，抖动着肩膀，扭摆着整个身躯，伸出胳臂，载舞载歌。"啊！来了客人。"她们热烈地跳着、唱着，尖声地喊着直到嗓门嘶哑，尽管天寒风冷，汗水却从她们身上直滴下来。等雪橇载着鲸鱼抵达海岸时，一位妇女对着鲸鱼头上念一通咒语，接着又将赤杨树枝和祭祀的草料扔进鲸鱼嘴里。然后他们又用罩子把鲸鱼头蒙住，显然是不让它看见它自己被宰割的痛苦景象。这一切停当之后，男人们便切割鲸鱼的尸体，妇女们则用桶接装鱼血。

在接下来的宴庆活动中，还包括另两头被杀的海豹。这三只动物的头都被割了下来放在屋顶上。宴庆活动于第二天开始。清晨，妇女们编织草袋供鲸鱼旅行使用，还用草制出面具。晚上，人们聚集在一间大地下室里，一个草袋里盛着几块煮好了的鲸肉放在白鲸鱼的木像面前，显然表示白鲸或其灵魂受到以其自己部分身躯贡献给它的盛筵。在这宴庆中，白鲸和海豹都是被待为贵宾的。为保持这种尊重的表示，在场的人都肃静不言或小声悄语，恐怕过早惊醒了贵客。终于一切准备停当了，堆在灶膛里的新运来的柴禾燃起了火焰，照亮了那被黑暗吞裹着的烟熏黑了的宽敞地下室的四壁。这时妇女们的欢呼打破了长久的沉寂："亲爱的客人来了！""务请再来！""您回到海中去后，请告诉您的朋友也到我们这里来，我们一定用款待你们的同样的美食款待他们。"说到这里，她们用手指着饭桌上放着的诱人的甜点心。主人拿起一块白鲸的肥肉扔进火里，说道："我们烧它供您享用！"他接着走向家中神龛，把几块肥肉供在家中保护神的粗糙的雕像面前，并用肥肉涂抹雕像的嘴巴。

这样满足了尊贵家神的胃口以后，人们才坐在为他们准备的美好食物之前（包括白鲸和海豹的肉），开怀大嚼。

最后，两位长者用海豹的肩胛骨占卜那白鲸是否真的回到海里并邀同它的同伴们也跟它同来并接受人们的捕猎。为了从骨头上获取信息，他们将燃烧着的火炭堆在那肩胛骨上，仔细观察骨上出现的裂纹。裂纹显示出大吉大利的征兆，在场的人们皆大欢喜：一道长长的横亘的裂纹标示着白鲸的灵魂马上就要往海里去。四天以后，白鲸灵魂的确动身离去了。那是一个阳光灿烂的冬天的早晨。寒霜很厚，往海里延伸1英里（约合1.6千米）多长的海滩上覆盖着无数的大冰块。在那举行过宴庆的大地下居室内，炉膛改装得像座祭坛，上面放着白鲸和海豹的头，旁边放着旅行草袋，袋里装满了点心，供鲸和海豹的灵魂带着在它们漫长的旅途中食用。两位妇女跪在灶旁，头伏在袋上，喃喃念咒。阳光穿过头顶上的通烟孔微弱昏黄地照射到那旷大的地下室的幽僻角落。妇女们戴着防护面具，免受肉眼看不见的在空中盘旋的白鲸的灵魂伤害。妇女念完咒语，站了起来，摘下面罩，仔细检查献供给白鲸的甜点心，那上面显示的吉利征兆表明鲸鱼的灵魂已接受了祭品就要出发返回大海了。现在唯一要做的事就是催它快快上路了。为此目的，两个男人爬上屋顶，从通烟孔处放下长长的皮带，将鲸鱼和海豹的头以及装有食品的旅行草袋都吊出到屋外。这样就结束了遣送死鲸和海豹灵魂返回大海的仪式。

黑貂与海狸

　　西伯利亚的捕貂者捕获到一只黑貂时，决不让任何人看它。捕貂者认为对于捕到的黑貂无论说好说坏，以后都再也捉不到黑貂了。大家都知道有一位捕貂者表达过这样的信念，即黑貂能够听见谈论它们的话，哪怕远在莫斯科也能听见。他说如今捕获不到多少黑貂了，主要原因是有些活的黑貂被运到莫斯科去了。在那里人们对黑貂怀着惊异，把它们当作稀奇动物，黑貂对此不能忍受。他还指出黑貂捕获量减少的另一原因，虽然不是主要的原因，则是当今世道不如过去好了，现在捕貂人捕到黑貂后不能像过去那样将貂放在普通的储存库里，而是要把它隐藏起来。对此，黑貂也不能忍受。

　　一次，有一位俄罗斯旅行者偶然走过一个吉尔雅克（Gilyak）人家的小屋里，男主人却不在家，墙上挂着一只刚杀死不久的黑貂。主妇见来人看到那黑貂，大为惊恐，赶忙用一顶毛皮帽把貂蒙住，然后把貂取下用桦树皮裹着藏到人看不到的地方去了。尽管这位旅行者愿出高价买下那黑貂，人家也不肯卖给他。别人告诉他，他是陌生人，看到没有剥去皮的死貂是很不吉利的。如果人家把那死貂完整地卖给了他，则将对以后捕貂带来更严重的恶果。

阿拉斯加的猎人把黑貂骸骨藏在群狗足迹走不到的地方，一年以后小心地埋葬起来，"否则那些照看海狸和黑貂的精灵会认为它们被藐视，从而以后不再让人们宰杀或捕获黑貂和海狸了"。英属哥伦比亚的舒什瓦普（Shuswap）印第安人认为，如果他们不把海狸的骨骸扔进江河里去，以后海狸就将不再投入圈套了。如果让狗吃了海狸的肉或啃了海狸的骨头，海狸同样也将不再上圈套。

卡列尔（Carrier）印第安人设陷阱捕捉到貂或海狸后总注意不让狗接近它们。这些印第安人相信，如果有哪只狗触犯了貂或海狸，其他的貂或海狸就不会再让人捉到它们了。有个传教士遇见一个年老的卡列尔印第安人，问他打猎的收获好不好，那位印第安老人回答说："啊，别跟我说这个了。这里有很多海狸。我一来到这里，便捉住过一只，不幸却被一只狗抓住了它。你知道从那以后我就再也不可能捉到一只海狸了。""瞎说，"那位传教士说，"设下陷阱，就像什么事也没发生过，你能捉到的。""那也没用，"印第安老人用失望的语气说，"毫无用处。你不知道海狸的脾气。只要哪条狗碰了海狸一下，所有的海狸都迁怒于狗的主人，永远躲开他设下的陷阱了。"那传教士想笑并想说服那老人，但不起作用，老人坚持放弃他所设的罗网，不再捕捉海狸了，因为他说所有的海狸都在生他的气。

有一位法国旅行者发现路易斯安那（Louisiana）的印第安人不把海狸和水獭的骨头给他们的狗吃，便询问为什么这样。

他们对他说，森林里有一个精灵会告诉其他海狸和水獭的，往后他们就再也捉不到它们了。加拿大的印第安人同样也注意不让他们的狗啃海狸和水獭的骨头，或海狸身上某些部分的骨头。他们极力收藏好这些骨头，一旦海狸落在网里被抓住，他们便将那些骨头扔进河中。一个耶稣会的会士指出海狸不会知道它们的骨头的遭遇，那些印第安人的答复是："你对捕捉海狸的事一无所知，却在胡说八道。海狸在完全断气之前，它的灵魂要到杀它的人的小屋里去转一转，仔细记下它的骨头是怎样被处置的。如果它的骨头被狗吃了，别的海狸会得到信息，也就不再让人捉到它们了。反之，如果把它们的骨头扔进火里或河里，它们便非常满意，并且将特别感谢那捉住它们的陷网。"猎捕海狸之前，猎人先得向大海狸郑重祈祷并献上烟叶。猎捕之后，得向死去的海狸致悼词。悼词颂赞它们的精神和智慧。悼词中还说道："你将不再听到统帅你们的首领的声音，再也听不到你们选出的武士长对你们发号施令了。我们的术士完全听得懂你们的语言，而你们的语言今后在湖底将再也听不到了。你们跟残暴的敌人水獭再也不会争斗了。不会了，海狸！不过你们的皮还可以用来购买武器；我们将烟熏你们的大腿送给我们的孩子们；我们将不让狗啃吃你们的骨头——那样太不好了。"

神圣的狮子、斑豹、蟒蛇、癞蛤蟆和蝎子

中非安科莱（Ankole，属乌干达）地区的巴希马人（Bahima）想象他们死去的国王转生成为狮子。国王死后，其遗体被送往名叫恩桑齐（Ensanzi）的森林中陈放数日供人瞻仰。最后尸体爆裂，生出狮崽，人们咸信已故国王的灵魂便在那狮崽体内。此狮崽即由祭司喂养长大才放回森林任其与其他狮子一起漫游。祭司的职责便是饲养照料那些狮子并在适当时机与那些已故国王沟通信息。因此，祭司们总是住在林中的一座庙里，人们经常给他们送去献给狮子吃的牲畜。在森林里，狮子是神圣的，人们不得杀害它，而在国内其他地方，人们便可以屠杀它们而不受惩罚。

同样巴希马人还认为王后死后便变成了斑豹。其过程也是在同一森林中某一地方陈尸之后裂变出来。祭司们便天天在那里用人们送来献祭的肉饲养这样的斑豹。祭司的职务是世袭的。巴希马人的信念以为死去王子和公主的灵魂将转生为蛇，它们都是死者在同一森林中另一地方陈尸后从尸体裂开出生的。林中有一座庙，庙中住有祭司，专门饲养和保护这些神蛇。小蛇从王子尸体出生后，就用牛奶喂养直到它长大可以自己出走时为止。

在东非马赛人的埃尔·基博朗（El Kiboron）部族里，想象本族已婚男人死了埋葬以后，其骸骨都变成了蛇。所以，埃尔·基博朗人，跟其他马赛族人一样，都不肯杀死蛇；相反，他们都喜欢看围栏里的蛇并且用碟子盛着牛奶和蜂蜜放在地上给它们吃。据说那里的蛇从来不咬这个部族里的人。

刚果地区的阿巴布（Ababu）氏族以及其他氏族的人都相信他们死后灵魂将进入各种动物体内，譬如河马、斑豹、大猩猩、羚羊等，人绝不能吃他们来生将托体的动物的肉。曾为葡萄牙殖民地的赞比西河流域的卡菲尔人（Caffres）相信人的灵魂会投生为动物，他们凭死者生前长相判断其死后转生为哪种动物。譬如魁梧健壮、牙齿突出的男人，其灵魂将进入大象体内；须长体壮的男人将转生为雄狮；嘴大唇厚的男人将转生为鬣狗，如此等等。凡被认为死人灵魂转生的动物都被崇为神物，是不可伤害的。一位叫多纳·玛丽娅的葡萄牙籍夫人生前很受黑人喜爱，她死后恰巧有一条鬣狗经常于夜间来到村里叼走猪和小羚羊。这位夫人的老奴们不肯丝毫伤害那条鬣狗，他们说："它就是多纳·玛丽娅，我们的好女主人。她饿了，回到自家屋里来寻找她可吃的东西。"

马达加斯加的许多部族中广泛流传着这样的信念：死者灵魂转生为动物。例如贝齐寮（Betsileo）部族的人认为他们的人死后根据其在世时的地位，其灵魂将转生为蟒蛇、鳄鱼或鳝鱼。只有贵人，或贵人中之最杰出者，死后才得转生为蟒蛇。相应地，那些大蛇都被贝齐寮人奉为神圣，没有人敢于杀害它。人们向大蛇跪拜敬礼，就像对活着的贵人一样。一条蟒蛇如重访它前世为人时所居住的村庄，那一天便是喜庆的节日。他的前世家人热烈欢迎它，在地面铺着丝绸，让它在上面爬行，把它抬到公共广场，让它饱喝献祭给它的公牛的血。一般身份好的人死后灵魂转生为鳄鱼，并将以鳄鱼之身继续为在世时的故主服役，特别在故主灵魂即将脱离人身转生为蟒蛇之时。最后，其部族中卑贱之人死后则转生为鳝鱼。为使这些人尽可能地易于转生，习惯的做法是挖出他们尸体内的内脏扔进圣湖中去。凡首先吞食了一口这些内脏的鳝鱼，便是死者亡灵的新住处。没有任何贝齐寮人会吃这种鳝鱼的。此外，马达加斯加最北部的安坦卡拉纳人（Antankarana）相信他们已故酋长的灵魂都转生为鳄鱼，一般人死后灵魂则转生为其他动物。再如马达加斯加东南部的塔纳拉人（Tanala）以为他们的人死后转生为某种动物，譬如蝎子和昆虫。对于这种蝎子和昆虫不得杀害或吃掉。他们相信后者同样也不会伤害他们。

阿萨姆邦（Assam，属印度）的那加人（Nagas）中有些人认为人死后其灵魂经过在冥间轮回一周之后又转生到人间为蝴蝶或苍蝇，当其蝴蝶或苍蝇之身死亡时，其灵魂也就随之永远灭亡了。所以苍蝇落在人们所用的酒杯上时，饮酒人并不打死它们，为的是怕伤害了某人的祖上。出于同样的理由，那加部族中的安加米人（Angamis）总是小心翼翼地不伤害某些种类的蝴蝶。

缅甸有一个叫作昂当（Ang Teng）的大村庄，村庄附近有一条河流，河上有一座已经坍坏了的桥梁，那里游鱼麇集，人们想象那是他们的亲人死后转世的，所以尊奉那些鱼为神圣，从前村里的人宁死也不肯伤害那里的一条鱼。一次，一个掸族人（Shan）在那桥梁边钓鱼，被连人带钓到的鱼一齐抓住，立即被拖走处死了。

交趾支那（越南南部旧称）东部的孔梅内人（Kon-Meney）不吃癞蛤蟆，因为很久以前他们一位头人死后转生为癞蛤蟆了。他向他的儿子托梦，诉说自己已转生为癞蛤蟆，叫他儿子为双亲献祭猪、家禽及米酒等物，并且告诉他儿子，如果遵照办理，将保佑国家五谷丰登。儿子孝顺，遵照他的旨意办理，癞蛤蟆便出现在田间看守稻秧。果然庄稼长得极好。那儿孙两代谨遵祖训按时献祭，癞蛤蟆每到播种期间便在田里守望，果然五谷丰登。后来人们怠慢了对癞蛤蟆的祭祀，稻谷便因之歉收，结果出现荒年。

印度支那（中南半岛旧称）的占族（Chams）中有人相信死人的灵魂住在某些动物的体内，如巨蟒、鳄鱼等，视死者家族情况而异。死者灵魂寄居的动物，最常见的是啮齿类和敏捷的攀援类动物，这类动物该地到处皆有，如松鼠便是。据某些人士说，这类小动物尤其是夭折的幼童或婴儿之灵魂所喜爱的住所。这些小东西的灵魂托梦给他们的父母说，"我现在住在一只松鼠的体内，照看我吧，给我一点礼物如一朵鲜花、一个椰子、一杯炒米"，如此等等。他们的父母虔诚地照此办理，爱护这些亲密的灵魂，认为他们的疾病乃他们的烦恼所致，临终之际还嘱咐家人要善待某某亡灵，应视它为家中的一员。

避开鸵鸟的鬼魂

格兰·查科[①]的伦瓜印第安人喜爱捕猎鸵鸟。他们每杀死一只鸵鸟并将其尸体带回村里时，总要采取措施哄骗被害鸵鸟的愤怒的鬼魂。他们认为该鸵鸟的鬼魂经过对自己死亡的最初的自然震惊之后，一定会镇静下来追随自己的躯体的。根据这种明哲的估计，那些印第安人扯下死鸟胸前的羽毛一路上每隔一段距离便撒下几根。鸵鸟的鬼魂每见到路上自己的羽毛便会停下来审视思考："这是我的整个身躯吗？还仅仅是我身上的一部分？"它的每次疑虑，使它每次都要停滞些时间，等到最后它看完那些羽毛，打定主意往前追赶时，这一路上曲曲折折的进程浪费了它的宝贵时间，那杀死它的猎人已经安然回到家中。它胆子小不敢追进村里，只好在村子周围蹑手蹑脚地徒然徘徊。

---

① 即查科，系阿根廷、巴拉圭与玻利维亚三国间的低地平原。

敬重鱼类

不列颠哥伦比亚的夸扣特尔（Kwakiutl）印第安人认为大麻哈鱼被杀死后，其灵魂即回归麻哈鱼之乡。因此他们注意把麻哈鱼的骨头和内脏扔进海里以便其灵魂在麻哈鱼再生时将使他们兴旺发达起来。反之，如果他们把麻哈鱼的骨头烧了，麻哈鱼的灵魂也就消亡了，死了的麻哈鱼便不可能再生了。加拿大的渥太华（Otawa）印第安人同样相信死鱼的灵魂会进入其他鱼的体内，因此他们也从不焚烧死鱼骨头，恐怕得罪了鱼的灵魂，鱼便不再投入渔网了。休伦人①也禁止把鱼骨头扔进火里，唯恐死鱼灵魂要走告其他的鱼，说休伦人焚烧它们的骨头，便相约不再让休伦人捉到它们了。此外，休伦人还有专人向鱼说教，劝它们前来受捕。一个好说教人经常被寻求来向鱼说教，人们认为一个聪明人的说教，对于诱鱼入网有着巨大的影响。法兰西传教士萨格德（Sagard）曾在休伦人的一个渔村里住过，他见到一个说教者颇以其善于向鱼说教而自豪。他的说教语言华丽，是一篇美好的训词。每天晚饭后，人们都已各就其位，静静地等候在那里时，他便开始对鱼说教。他讲的内容是休伦人决不焚烧鱼骨头，"接着便展开了这一话题，极其热情地劝勉并祈请它们一定要英勇，无所畏惧，再来就捕，以满足尊敬它们并且从不焚烧它们的骨头的朋友们的愿望"。新几内亚的博加吉姆（Bogadjim）地区，人们雇用巫士诱鱼就捕。巫士站在海滩边的独木小舟里，旁边放着装饰漂亮的鱼篮，指令鱼群从四面八方赶到博加吉姆聚集。阿伊努人每杀死一条箭鱼，总要向这条箭鱼致谢，谢谢它接受捕捉，并邀请它下次再来。英属哥伦比亚的努特卡（Nootka）印第安人过去有一条规定，凡参与熊宴，分享过熊肉的人在两个月以内绝不许吃任何鱼肉。这一规定的目的不是为了食者的健康，而是"一种迷信思想，认为他们中的任何人如果吃了熊肉又去吃新鲜的大麻哈鱼、鳕鱼等，那么其他的鱼无论远在何方都会知道这个情况，便会非常生气，从而便不肯再被他们这些居民捕获了"。

1530年，赫尔戈兰②近海域鲱鱼绝迹，渔民们归咎于两个孩子的错误行为：他俩抽打了新捉到的鲱鱼又把它扔进海里。安妮女王③在位时期莫里湾④同样也发现鲱鱼绝迹，有些人也归咎于渔民们应守安息日却没有遵守，还有些人则以为是由于一次争斗中血流入海之过。苏格兰渔民相信如果争斗中在捕捉鲱鱼的海岸边流了血，鱼群便会立即离开此地并且至少在那一季度里再也不回转来了。西高地⑤的渔民们相信每一群鲱鱼都有它的领袖，无论它游到那里，鱼群都尾随着它。这条鱼比一般鲱鱼要大两倍，渔民们称它为鲱鱼之王。如果碰巧渔网网着了它，渔民们总是小心地把它放回海里。他们认为如果毁了这条鱼王便是卑劣的不讲信义的行为。约克公爵岛上的土著一年一度地用鲜花和蕨类植物装饰起一条独木舟，舟内装满或假定装满了货贝，将它放到海上，任其漂流，用以报偿被捕捉吃掉的鱼类在海里的伙伴。

墨西哥的塔拉乌马雷（Tarahumares）人要向河中撒毒麻痹鱼群以便大量捞捕时，首先必向鱼长老（人们认为是鱼群中最年长的鱼）奉献贡品以补偿它即将失去的鱼子鱼孙。那些供品包括斧子、帽子、毛毯、腰带、眼草袋，尤其是短刀和成串的念珠，这些东西都挂在一个十字架上或水平杆上树立在河中央。然而，那鱼长老并不能长久享用这些好东西，因为第二天早晨这些东西的主人便把它们取走为自己日常使用了。他们对于捉到的头一条鱼特别注意处理，以便赢得后来的鱼：对待头一条鱼的好坏，将影响对后来鱼的捕获。与此类似，毛利人总是把捉到的头一条鱼放回海里，"并且祷告，让它能引诱别的鱼也来就捕"。

---

① 休伦人（Hurons），北美易洛魁人的一支。
② 赫尔戈兰（Helgoland），弗里斯兰群岛的一个岛屿，位于北海中，属德国。
③ 安妮女王，英国女王，公元1702年—1714年在位。
④ 莫里湾（Moray Firth），位于苏格兰东北海岸附近，是北海的一个港湾。
⑤ 西高地，苏格兰西部的高地地区。

大喇嘛的诞生

　　活佛是藏传佛教最重大寺庙中的首领，尊称为大喇嘛。当某活佛逝世时，他的徒众并不哀伤，因为他们知道他不久就将以婴儿的形体转世。僧徒们唯一渴望的是要找到他转世的地方。如果此时他们看到一道彩虹，他们便认为那是转世喇嘛发给他们的信号引导他们去寻找其转生之地。有时候，那灵童也自己显示身份。"我是大喇嘛，"他说，"是某某庙里的活佛，送我回我原来的庙里去。我是那庙的神圣的首脑。"无论活佛转生的地方是怎样显示出来的，是活佛自己宣示的，或由上天显兆指示的，信徒们都会立即搭起帐篷，由领主或贵族最显赫的成员率领欢乐的朝觐者前来迎请，把灵童接回他生前所在的寺庙。

　　一般来说，活佛总是诞生在西藏这块圣地，要到达活佛所在处，朝觐者常常要走过最可怕的荒无人烟的地方。最终找到了灵童后，一行人便向他顶礼膜拜。不过，在这一行人承认灵童就是他们寻找的大喇嘛之前，此灵童必须满足他们的询问，充分证明自己确是活佛转世。朝觐者询问灵童生前住持的寺庙的名称，距其转生地有多远，寺中僧侣多少；灵童还必须描述其前生的生活习惯以及死时的情况。然后朝觐者又拿出许多东西，如祈祷经文、茶壶、茶杯等物放在他面前，他必须正确指出哪些是他生前所用过的。如果他所说丝毫不错，他就被承认，便被欣喜地奉迎回其原寺。

全体喇嘛的首领乃是西藏拉萨的达赖喇嘛。达赖喇嘛被奉为活佛，他圆寂后，其灵魂又转生为婴儿。据某些文献记载，寻找达赖喇嘛的方式跟上述寻找普通大喇嘛的方式相同。其他文献记载还谈到从金瓶中掣签以选定转世活佛的做法。活佛转世之处，树木皆生出新叶；灵童指令，鲜花绽开，泉水涌出。活佛的宫殿矗立高处，殿上镀金圆顶在阳光下闪闪发光，几英里外清晰可见。1661年或1662年间格鲁伯（Grueber）神父和多维尔（d'Orville）神父在从北京回欧洲的途中在拉萨逗留了两个月等候一只朝觐队的到来。他们报道说，大喇嘛被尊为真正的活佛，大喇嘛拥有永恒天父的称号，信徒们相信他至少已有七次转世。他远离世俗事务，深居在他的宫殿里，高高地坐在珍贵的毛毯和软垫之上，接受崇拜者的朝觐。他的接见室里挂着帷幕遮住耀眼的日光，然而在众多火炬的映照下却金碧辉煌。他的朝拜者五体投地地拜倒在他的脚下，亲吻他的脚，以示对他的尊敬。

火王与水王

　　柬埔寨的偏僻森林里住着两位神秘的君王，通称火王和水王。他俩的声誉遍布中南半岛的南方，在该岛西部则仅有一点微弱的反响而已。直到近几年之前，据人们所知，还没有一个欧洲人见到过这两位君王或其中的任何一位。他们的存在很可能被当作一种神话。可是那两位君王和柬埔寨国王之间迄至最近还保持着定期的联系，年复一年地互相馈赠礼物。柬埔寨国王的礼物是通过一个部落传到下一个部落这样地最后送到火王和水王那里，因为没有一个柬埔寨人能够作此长途而艰险的跋涉。

　　那火、水二王居住在奇赖（Chréais）或叫嘉莱（Jaray）的部落里，该部族的人具有欧洲人的形体，不过肤色灰黄。他们定居在柬埔寨与安南（越南）交界处森林覆盖的群山中和高地上。他们承担的君王的职责纯粹是一种神秘的精神上的仪式。他们没有政治权力。他们是质朴的农民，靠自己的汗水和信奉者的捐献而生活。据文献记载，他们的生活绝对孤独，彼此从不见面，也从来不见任何人。他们连续居住在矗立于七座山上的七座宝塔中，一年换一处。人们悄悄来到他们住处附近，将他们的生活必需品放在他们可以拿得到的地方。王位期限七年，连续在七座宝塔中住满规定的时间为止。许多任为王者没住到七年期满便死去了。王位由一或两家（据其他文献记载）王室的成员继承。这两家王室极受尊重，每年得到固定的俸金，并且免除必要的耕作劳动。

当然这种王位尊严却并非王室成员所贪求的，每逢王位需人继承时，所有有继位资格的人（必须身强力壮，且有子女）都逃离本地躲藏起来。另有文献记载，肯定了有资格的王位继承人不愿继承王位这一事实，但对为王者必须隐士式地离群索居于七座宝塔之中的说法，却有不同的记载。该文献描写了那两位神秘的王在公众中出现时，人们纷纷拜倒在地。他们认为如果不这样向王表示敬意，全国就要立即遭受暴风雨的猛烈袭击。也许这些纯粹都是神话，就像通常对人所不知的偏远地区那样总要洒上一层传奇的色彩。

1891年2月间，一位法国官员曾经见到过那令人敬畏的火王。会见时，那火王舒适随意地躺在一张竹榻上，使劲地吸着一根长长的铜烟袋，许多人围着他，并不那么毕恭毕敬。尽管负有神秘的天职，火王却不带符咒或护符，除了身躯高大之外，跟他的伙伴们比没有什么特殊的地方。还有一位作家报道说，人们惧怕火王和水王，以为他俩具有神眼，如果看了谁，那人便要遭殃，因此人们都躲避他俩。这两位王每到一处则故意咳嗽，以示自己驾临，好让人们躲开。他俩享有种种特权和豁免权。不过其权力只限于几个村庄及村庄邻近地区之内。

跟其他许多神圣的王者一样，火王与水王皆不得寿终正寝，因为，若是那样自然死亡，便要降低他们的盛誉。因此，如果二王中有谁卧病不起，年长的人们便一起商议，若认为神王的病体不能康复了，便将神王刺死，将其遗体焚化，虔诚地收起其骨灰供奉五年之久任公众悼念。另外，还将神王的部分骨灰交其遗孀保存在一个骨灰盒里，每当她到神王坟头祭奠时，必须背带神王的骨灰盒前去。

听说这火、水二神王中，火王更为重要，他的神通法力，从来无人怀疑，他职司人间婚礼节庆，以及祭祀"魇"神（Yan，或称神灵）等仪式。在这些仪式中，都为他安设专座，凡他经过之处，一路上都铺着洁白的棉布。对火王家族均待以王室优礼，因为其家族成员都拥有某些著名的法宝，如果传出了，便会消失或失效。这些法宝共分三类：蔓草果实类，其名为"魁"（Cui），是许多世纪以前，在诺亚时代最后一次洪水后采集的，至今仍青翠鲜绿；藤条类，也是极古之物，开花永不凋谢；剑类，剑身有"魇"（或神灵）守护，多显神奇。据说那剑身之神原来是一个奴隶的灵魂。当初铸造此剑时，那奴隶误将自己的血滴到剑锋上了，便自杀以赎其无意中造成的过失。水神用前两种法宝可以招来洪水淹没整个大地。火神只要把那神剑抽出剑鞘数寸，太阳便要躲藏起来，人兽都将沉睡不醒；如果他将神剑大部分抽出剑鞘，则世界就将面临末日。人们向这神奇的宝物奉献水牛、猪仔、鸡鸭等祭品，祈求降雨。神剑通常总是用布帛包裹得严严的。柬埔寨国王每年馈赠的礼物中就有许多精美的布帛织品供包裹神剑之用。

火王和水王回赠柬埔寨国王的礼品是一支大蜡烛和两个葫芦，其中一个葫芦满盛着稻米，另一个满盛的是芝麻。那支大蜡烛象征火王的中指，也可能意味着其中含有火的种子，柬埔寨国王每年一次从火王本人那里接受这一新的火种。这支神圣的蜡烛是留作神圣的用途的。当它被运到柬埔寨首都时，便交托给婆罗门收存，婆罗门则把它供在王室徽章的旁边，并用它上面的蜡制作细小的蜡烛，逢到神圣仪式时在祭坛上点燃。鉴于蜡烛是火王赠送的特殊礼品，我们也可推测那葫芦装的稻米和芝麻便是水王赠送的特殊礼品了。后者无疑既是水王又是雨王，大地上的一切果实都是他恩赐给人们了。遇到灾难年月，如瘟疫、洪水以及战争等，便往地下洒一点神圣的稻米和芝麻，"以抚慰邪恶鬼神的怒气"。

　　跟这个国家民间对死人要埋葬的习俗相反，这两位神秘君王的遗体都要火化，但他们的指甲、牙齿和一些骨块则要虔诚地珍藏起来作为护符。当他的遗体在柴堆上焚化的时候，他的亲属都逃往森林中躲藏起来，害怕被抬举到刚刚空缺出来的、惹人厌恶的尊贵王位上去。人们到处搜寻他们，将首先找到的死王亲属推举为火王或水王。

灯　节

　　在日本，死人的灵魂每年回家探望一次。日本民间有一种叫作灯节（即盂兰盆节）的节日，便是在这一天专门迎接这些亡灵的。那些死人的亡灵于每年旧历七月十三日，即阳历八月底的夜晚归来。因此，需要为它们照亮道路。家家坟上插着竹竿，竿头挑着彩色的灯笼，群山墓地，彼彼皆是，远远望去，灯火粲然。各家屋前和后花园里也都点燃着许多彩色灯笼或一排纤细的蜡烛，街头也燃着小堆篝火，整个城市陷于一片火光之中。日落以后，大量人群涌出城外，家家户户都出来迎接他们死去亲人的亡灵归来。他们走到其亲人亡灵所在地时，便热情欢迎他们想象但却看不见的归来的亲人，慰问它们旅途劳顿，请它们稍事休憩，并献上饮食请它们享用。等那些亡灵稍解饥渴，恢复了疲劳之后，便打着火炬护送它们进城，回到它们自己原来居住并寿终的住宅里，同它们欢快地说着家常。这些住宅也都是灯笼高照，明亮如昼。桌上摆着宴席，认为亡灵可以享用这些食物的，死者生前所住的地方，一切陈设如同死者生前一样。晚宴之后，生者挨家挨户走访他们的亡友和已逝的邻人的灵魂，这差不多要花一夜的工夫才能走遍全城。灯节第三日，即当月十五日夜晚，那些亡灵就该归往它们自己死后的住处去了。街上又点燃着火把照亮亡灵经过的道路，人们又隆重地护送它们到两天前迎接它们的地方去。有些地区人们则把灯笼罩在纸扎的小船里放到河中或海上，任其漂流而去。小船上装着食品供这些鬼魂在漫长归途中食用。不过人们还恐怕也许有些可怜的亡灵落在后面没有踏上归途，甚至有些亡灵会躲藏在隐蔽的角落里，舍不得离开它们生前所在的地方和它们所爱的人。为此，人们又采取措施搜索那些慢慢吞吞落在后面没有上路的鬼魂，打发它们带着行装快快赶上已经离去的其他亡灵。怀着这一目的，人们大量地向自家屋顶上投掷砖头，同时又走遍屋内每个房间，向空中挥舞着棍子，以驱赶稽留未走的亡灵。据说他们那样做，既是借以自慰，同时也是为了他们对死者的挚爱。人们害怕万一有不适合的亡灵留藏家中，将会受到它的搅扰。

钉子的救护价值

在往古，巴黎和伦敦尚未形成之前，法兰西仍旧把督伊德奉为人和神的一切知识的大师，我们自己的国土上依然覆盖着原始森林，为未开化的野蛮人或初民的栖息之处的时期，罗马的最高行政司法长官经常举行一种奇特的仪礼来制止时疫的流行，或消弭威胁国民生活基础的灾害。公元前四世纪，罗马连续三年流行严重瘟疫，一些最高层的权贵和大量普通人民死于疾病，整个罗马城变成一片荒凉。记述这一灾难的历史学家写道：向诸神盛宴献祭无用，人谋神助罔效，疾病依然肆虐，在此情况下人们在罗马史上最先决定上演戏剧作为专门抚慰天神愤怒的方法。于是从伊特利亚①请来演员按着长笛演奏的乐曲进行一些特定的质朴而端庄的舞蹈。但是，即使这样新奇的景象也未能使那愠怒的诸神娱悦动情，转怒为乐。瘟疫仍继续肆虐，而正当演员们在台伯（Tiber）河畔的圆形剧场里演出他们的最佳技艺时，那浑浊的河水竟猛然暴涨，汹涌的怒涛冲上岸来，席卷着所有演员和全体观众奔腾而去。显然诸神不喜欢戏剧以及祈祷和祭宴等做法而予以摈斥。人们在普遍惊慌失措中，都觉得应该采取一些更有效的措施来制止这种灾害。老人们想起往昔曾经用钉子钉入墙壁止住了瘟疫，于是元老院决议，在一切办法都已试过，结果无效，人们陷于绝境的时刻，应指定一最高行政司法长官来履行这一将钉子钉入墙制止瘟疫的仪礼。人选确定了，钉子钉好了，瘟疫早晚之间止息了。还有什么比这个实例更能证实钉子的救护价值呢？

在那同一世纪里，罗马人民还有两次也是求助于这一神圣的仪礼来医治一般非宗教和宗教的方法都不能奏效的全民性的灾难。一次是流行的恶疫。另一次是领袖人物奇怪地大量死亡。对于后者，舆论或正确或错误地归咎于许多贵妇人毒死亲夫的一系列邪恶罪行。这些罪行被认为是由于疯狂所致，因而想到治理那种病态心理的人们的最好办法莫过于将一根钉子钉入墙内。考察罗马城市的历史记载，证实在一次社会动乱期间，党派纷争，国家分裂，人们又采用了那久负盛名的古老的解救办法，那同样的慰安剂，对于争执各方的激烈情绪和争议的事态都取得了最令人满意的结果。那古老的万应灵药再一次应用了，再一次地成功证明了这种尝试之有效。

如果公元前四世纪的罗马人就相信可以通过钉子把瘟疫、疯狂，以及社会动乱钉入墙中而使他们免受其害，甚至像法兰西和日耳曼的农民至今依旧用钉子将发烧和牙痛钉入树中以解除自己的苦痛一样，那么，他们精明的祖先似乎曾经决定对这一有益的办法不应局限于只在特殊紧急状态发生之时才予运用，而且还应该定期地加以应用，以便防患于未然并制止各种灾难邪恶于萌芽状态之中，为社会造福。古代罗马法律曾经规定，共和国的最高行政长官必须于每年9月13日在墙壁上敲进一只钉子。对此，我们可以推测其原意也就在此。这条用古代旧体文字拟定的法律雕刻在一块石碑上，嵌在古罗马卡庇托山（Capitoline）上朱庇特神殿的墙中。尽管古罗马的作家没有明确记述当年钉钉子之处，我们有理由推想展示那条认定该习俗做法的法律条文之处，也就是当年钉钉入墙之处。李维②告诉我们，有一个时期罗马执政官免除了那钉钉入墙的职责，可是后来又改由古罗马的最高统治者来履行，因为他们的最高地位更适合于履行这一重要而又尊严的职责。稍晚一些时候，这一古老的习俗礼仪曾经中辍，只是在严重的危难或特殊灾害之际才偶尔恢复。后者似乎表明诸神不喜欢现代的方式，让人们缅怀古代的传说故事，步趋那往古的道路。

---

① 伊特利亚（Etruria），意大利中西部的一个地区，罗马帝国第一代皇帝奥古斯都时期划为意大利的第七行政区。位于台伯河、蒂勒尼安海和马克拉之间。

③ 李维（Titus Livius，公元前59年—17年），罗马历史学家。

第四部分

神话与传说

圣罗曼斩除孽龙，解救鲁昂

有一篇著名的神话，讲述圣罗曼（St. Romain）如何斩除孽龙，解救鲁昂（Rouen，属法国）地区人民免受危害。直到法国大革命时期，该市对这一故事的纪念活动仍旧十分动人。中世纪的那些宏伟优美的建筑物迄今依旧装点着鲁昂市容，成为风景壁画的最合适的背景，把人们的思绪带回诺曼底公爵——英格兰亨利二世和理查德·C.莱昂统治的那些日子里。他们在祖先的领地上——这一古老的首府里建立了许多宫殿。

传说故事讲道，大约公元前520年间，鲁昂城附近一座森林或沼泽里有一头形似大蟒或龙的怪兽盘踞其间，每天在该城及邻近地区作恶为害，吞噬人、兽，掀翻塞纳河上的船只，溺死舟人，给整个社会造成无数灾难。后来大主教圣罗曼决心深入其巢穴，将其斩除。他找不到可以与他为伴的人，于是挑选了一个因杀人而被判死刑的囚犯随他同行。当他们临近龙穴时，那孽龙作出要吞噬他们的姿态。大主教凭借神助，在空中画着十字，那怪物马上被驯服了，听任大主教用身上披着的圣带把它捆缚起来，像羔羊一样由那囚犯牵着径直来到屠龙场。他们一行列成队伍走到鲁昂城内的公共广场中，在围观人群面前把孽龙焚化了并将其骨灰撒入塞纳河中。那位死囚也因其效力有功而获得赦免。

圣罗曼的这一功德令誉远播海外。圣罗曼本人及其继任者圣欧尹（St. Ouen），受国王达戈伯特（Dagobert）赐封为主教座堂的终身大主教、元老和主祷者。他们的造像，供奉在鲁昂市内一座像梦一般美丽的教堂内。每年耶稣升天节①那天，定为圣罗曼所创奇迹的周年纪念日，大主教享用特权可以在这一天挑选一名无论罪恶多大的囚犯予以赦免。早在十三世纪初，大教堂的教士会便声称其大主教拥有这一特权，这是法国的独特情况。1210年间，鲁昂城堡的司令官不让赦免一名罪犯，教士会向国王腓力·奥古斯都（Philip Augustus）上诉，奥古斯都下令对教士会声称获得的特权进行调查。据接受调查的九位证人宣誓证明，在诺曼底公爵亨利二世和理查德·C.莱昂在位期间，对此特权问题从来无人提出质疑。自那以后直到1700年大教堂的教士会最后一次行使其赦免特权时，这一特权一直未遭遇任何反对。翌年，事情发生了变化：鲁昂既没有了大主教，也没有了教士会。获赦罪犯的名单以及他们的罪行记录仍然保存在案。十三世纪内获赦的罪犯姓名只有少数几个，十四世纪上半叶的名单脱漏很多。嗣后获赦罪犯的名单几乎完备无缺。囚犯的罪行大多是谋杀或杀人。

大赦那天的进行程序，不同的时代多少有些不同。下面的记述大部分根据亨利三世统治时期撰写、1587年在鲁昂出版的一篇叙事文章摘录。升天节前十五天，大教堂的教士会便呼吁国王的官员们停止一切不利于在狱罪犯的诉讼。然后，从祈祷节^②的星期一那天起，由大教堂教士会的两位会员每天到一个一个的监狱去检验罪犯，审查他们的忏悔，一直到升天节那天。升天节那天早上大约七点钟左右，教士会全体会员都到教士会的礼堂内集合，唱《赞美诗》和祈祷，祈求圣灵福佑，他们还发誓不泄漏罪犯的供词，认为对那些忏悔必须严格保密。教士取得那些供词并经有关长官审理，由教士会慎重考虑之后，提名其中一位罪犯获得这一特赦。他们把提名罪犯的姓名写在一张卡片上，加盖教士会的印鉴，送交议会。全体议员身着红袍，集会于皇宫的大厅之内，接受该特赦罪犯的提名，并授予其法律效力。于是该罪犯便获得赦免而被释放。大教堂的钟声立即响了起来，大教堂的所有门户全都敞开，管风琴的乐声飘扬，《赞美诗》歌声嘹亮，烛光闪耀，一切神圣庄严的仪式都呈现出来，表示欢乐喜悦。然后，在全体议会议员面前，于教士会会堂的祭坛上将其他罪犯的供词全部烧毁。接着，大主教与大教堂的全体教士一齐列队，抬着大教堂的神龛和圣物箱，在双簧管和尖音小号的乐声中，来到塞纳河畔的大广场，即著名的"古堡"。显然，古堡即古代诺曼底公爵城堡的所在地。列队前来古堡的习俗传自古代，当时的罪犯均囚禁在城堡的主塔之内。广场中至今仍有一石砌的高坛，可循石阶拾级而登。他们把圣罗曼的神龛抬来此处，同时把被赦的囚犯也领来，让他登上高坛，忏悔其罪恶，接受赦罪文告，并高高举起圣罗曼的神龛，一连三次。每举起一次，全场观众便齐声高呼："诺埃尔（Noel）！诺埃尔！诺埃尔！"诺埃尔的意思是"上帝和我们同在"，之后，原来的列队又复集合走回大教堂去。走在队列最前的是一位教区事务员，他身穿紫罗兰色袍子，扛着一根竹竿，竿上挂着柳木雕刻的圣母院的翼龙像，龙嘴里还叼着一条大鱼。此孽龙雕像所到之处，立即激发起一片窃窃议论声和呼啸声。可是，短号、喇叭和小号的嘹亮乐声更是震耳欲聋，淹没了人群中的嘈杂声。乐师们身着圣母兄弟会师傅的特制制服，他们走在雕花银色涂边的圣母神龛前面。跟在神龛后面的是两百来位大教堂的教士，他们身着紫罗兰色或绯红色丝制长袍，抬着旗帜、十字架和神龛，唱着《赞美诗》。大主教走在众教士的后面，不断向挤满街道两旁的群众祝福。那位得到大赦的罪犯跟在后面，光着脑袋，戴着花冠，扛着圣·罗曼神龛担架的一头，他在狱中所戴的脚镣就挂在这担架上。和他走在一起的是手持燃烧着的火炬的，在过去七年内同他一样获得大赦的男女罪犯。另有一位教区事务员，身着紫蓝色制服，高高举着一根竹竿，竿上挂着昔日被圣罗曼斩除的孽龙〔名叫嘉谷伊尔（Gargouille）〕的柳木雕像，孽龙嘴里有时还叼着一个活的动物如小狐狸、野兔或乳猪。紧跟其后的是嘉谷伊尔的兄弟会会员。

鲁昂的三十二个教区的牧师们也走在这一行队列之中，他们在群众的欢呼声中从古堡走向大教堂去。全鲁昂城内各教堂的钟楼里都发出了欢乐的钟声，伟大的《安布瓦斯的乔治》的乐声雷鸣般地响彻云霄。在大教堂内做过弥撒之后，那位获赦的犯人被带到圣·罗曼兄弟会会长家里，受到隆重的宴请、留宿、款待，不管他的地位多么卑微，也是如此。第二天早晨，他又来到教士会，跪在全体教士的面前，接受对其罪恶的严厉谴责，从而感谢上帝，感谢圣罗曼以及教士会的会员们赦免他的罪恶。

---

① 耶稣升天节（Ascension Day）为复活节后的第40天。
③ 祈祷节（Rogations）为耶稣升天节前三天进行的祈祷仪式，一连三天。

伊西丝与太阳神

原始人按照自己的形象创造他们的诸神。色诺芬①早就指出过：非洲人的诸神肤色都是黑的，鼻子也是扁平的；色雷斯人的诸神肤色红润，眼睛碧蓝；假如马、牛、狮子也相信神祇，那么，无疑地它们也一定按照马、牛、狮子的形象来塑造它们的神祇。因此，正如行动诡异的未开化的初民不肯透露自己的真实姓名，害怕被术士获知而为害于己，他们同样也认为他们的神祇的真名也必须保密，以免被其他神祇甚至为人获知而可能以之为害于他们自己的神祇。对于神圣姓名的保密性和巫术性的那种粗浅的概念，古代埃及人最为牢固而且发展得最为充分。往古的那些迷信牢牢铭刻在埃及人心中，几乎跟古代的猫、鳄鱼以及其他供展览的神圣动物的遗骸深藏在岩石墓内一样。

有一篇故事叙述灵巧的伊西丝（Isis）巧妙地探出了埃及人的伟大的太阳神拉（Ra）的秘密的名字。那篇故事很好地说明了这一概念。故事的梗概是：伊西丝是一个很会说话的妇女，她厌倦了男人的世界，渴望神的世界。她在心里盘算道："我何不利用拉的伟大名字使我自己成为一位女神并像他那样主宰天地呢？"拉有很多名字，可是那个使他获得超过一切神和人的力量的伟大名字，除他自己外，谁也不知道。这时候，他已经老了，嘴角流涎，口水垂地。伊西丝将他的口涎连带口涎所沾的泥土一齐收集起来捏成一条巨蛇，她把这条巨蛇放在拉每天随心所欲地往来于其两个王国必经的道路上。拉在全体神祇陪同下照常路经该处时，那神圣的巨蛇便咬了他一下，于是拉便张开口喊出声来。他的呼声直飞天上。随同诸神惊呼道："您怎么啦？"接着众神又喊道："哎哟，你瞧！"这时，拉已经不能说话了；他的上下颚相碰得咯咯作响，四肢颤抖，巨蛇的毒性像尼罗河水淹过土地一样流遍他全身。当这位伟神定下心来时，便对其随从诸神喊道："孩子们，我的子孙啊，都到我身边来。我是一位君主，大君的王子，神的圣裔。我父亲制定了我的名字，父亲和母亲给我命名，我一生下之后，我这个名字便藏在我身体之内，没有一个术士能对我施加魔术法力。我外出巡视我所创造的一切，在我创造的两个国度之间走动，你们看，有什么东西咬了我一下。那是什么东西，我不知道。是火？还是水？我的心头像火烧似的，我的血肉震颤，四肢发抖。把诸神的儿女，善解人意，能言治病，其能力上达天庭者，叫来见我。"于是诸神子女都来到他面前，大家都很忧伤。

伊西丝心怀诡计也一同前来，她含着满口的生命气息，她念的咒语可以祛除痛苦，她说出的话语能令死者复生。她向大神说道："神圣的天父，这是怎么回事？"这位神圣的大神开口就道："我按照我的心意前往我所造的两个地区巡视我创造的一切，途中没有在意被一条巨蛇咬了我一口。那是火？是水？弄得我感到比水还要冷，比火还要烫，我全身流汗，发抖，目力不济，看不见天空，满脸汗水，像夏天一样。"伊西丝随即说道："神圣的天父，请把您的大名告诉我，因为被别人称呼其名的人将会长生。"大神拉回答说："我创造了天和地，安排了山、水和海洋，撑展了天地两间像一幅无际的天幕。我睁开双眼，天地就光明；我闭上两目，黑暗便笼罩宇宙。在我的命令下尼罗河水上涨奔流。诸神均不知我的名字。早上我名叫克佩拉（Khepera），中午我叫拉，晚上我叫通姆（Tum）。"

他说完之后，那毒气并未离开他的身体，反而更深入他的体内了。这位伟大的神已不能行走了。这时伊西丝又对他说道："您刚才告诉我的并不是您的名字。请把您的真名告诉我吧，这样才好使您体内的毒气散去，因为被别人直呼其名的人将会长生。"这时，毒气在天神体内像火一样地燃烧着，比火还要炽热。天神终于说道："好，我同意让伊西丝在我体内搜寻，让我的名字从我的胸膛内进入她的胸膛。"接着他就躲离了诸神，他在永生之舟中的席位便空了出来。这位天神的名字就是这样从他身中被取走，伊西丝这位妖巫说道："毒气，散去吧，快离开拉的身体。是我，公平的我，征服了这毒气，将它扔到地下；天神的名字已经从他体内被取走。让拉活下去，让毒气灭亡。"伟大的伊西丝，众神的女王，这么说着，她知道了拉和拉的真实名字。

---

① 色诺芬（Xenophanes，约公元前570年—前475年），古希腊伊利亚学派哲学家。

阿多尼斯之死

　　传说鲜红色的银莲花是从阿多尼斯（Adonis）的血泊里长出来的，或者是被阿多尼斯的血染红的。此花的名字可能就是从描述阿多尼斯的词"娜曼"（Naaman，意为"亲爱的"）衍变来的。人们好像曾经这样称呼阿多尼斯。阿拉伯人至今仍把银莲花叫作"娜曼的创伤"。据说红玫瑰之红也是由于与此相同的悲惨机缘：因为爱神阿芙罗狄蒂匆忙赶到她受伤的爱人阿多尼斯身边，无意中踩着一丛白玫瑰，尖锐的玫瑰花刺扎伤了她的嫩肉，她那神圣的鲜血把白玫瑰染成了永久的红色。也许过多地从花的月份寻找证据，尤其从玫瑰花这个脆弱的证据来坚持这种论点，是不足为凭的。不过，若就其可以算作一种证据而论，那么，把大马士革玫瑰同阿多尼斯之死联系在一起的这个故事就表明了纪念阿多尼斯的受难是在夏日而不是在春天。在阿提卡（Attica），这个节日正好是盛夏。古时那支攻打锡拉丘兹（Syracuse）的雅典舰队，是在夏天出发的，结果全军覆灭，雅典从那次以后便一蹶不振。由于不详的巧合，那支雅典舰队出发时，正赶上人们举行阿多尼斯的纪念仪式，气氛阴郁。队伍走向港口登船时，沿途街道上排列着棺材和死尸般的偶像，妇女们哀悼阿多尼斯之死的哭喊声闹成一片。此情此景给雅典人派出海上的最辉煌的舰队的航行罩上了一层阴影。许多世代之后，当朱利安皇帝①第一次进入安提阿②的时候，他发现那座欢乐富庶的东方首府正沉浸于假装哀悼阿多尼斯一年一度的死亡的忧伤氛围之中；如果当时他预感到将有灾难降临的话，那么，进入他耳中的嚎哭声便像是报道他死亡的丧钟。

---

① 朱利安（Julian，公元332年—363年），古罗马皇帝，曾于公元362年前往叙利亚与波斯作战，初虽得手，旋即为波斯击败，翌年负伤，死于途中。
② 安提阿（Antioch），位于土耳其最南部，今名安塔基亚（Antakya）。

珀耳塞福涅与德墨忒尔

　　传说故事讲道：年轻的珀耳塞福涅正在青葱的草地上采集玫瑰花、百合花、番红花、紫罗兰、风信子以及水仙等花时，大地忽然裂开，冥王哈迪斯（Hades）从地下冒了出来，用金车把她带到阴间，要她在阴暗的下界做他的新娘和冥后。忧伤的母亲德墨忒尔身穿黑色丧服，黑色纱巾包裹着她的金黄色头发，走遍陆地和海洋，寻找女儿的下落，终于从太阳神那里知道了女儿的命运。她十分愤怒，离开诸神，来到埃莱夫西斯（Eleusis），乔扮为一个老妪，忧伤地坐在"少女井"旁的一棵橄榄树下。原来那"少女井"是国王的女儿们日常提着铜壶来此为他家汲取井水的地方。女神德墨忒尔忧伤之下，盛怒不息，命令一切种子必须藏在地下，不得长出地面。她还发誓，除非将她的女儿归还于她，否则她将永不再上奥林匹斯山，也决不许谷物发芽。耕牛在地里来回拉牛是白拉，播种人在褐色田地里撒种也是白撒，干枯龟裂的土地什么也不长。即使那埃莱夫西斯附近的拉里亚平原，过去总是翻滚着金黄色的稻谷波浪，现在也光秃秃地荒芜着。若不是宙斯在惊恐中命令哈迪斯交出他的猎物，把他的新娘珀耳塞福涅归还其母德墨忒尔，人类就会饿死，诸神也就失去了他们应享的祭献。冷酷的冥王微笑着遵从了。但是他在用金车将他的冥后送还阳世之前，却让她吃了一个石榴子，这样就使得她还将回到他的身边。不过宙斯做出决断，规定珀耳塞福涅每年三分之二的时日跟她的母亲和诸神在阳世生活，每年三分之一的时日随她的丈夫住在阴间。每年大地春暖花开时，她便愉快地回到阳世，在明媚的阳光里母亲接待她，拥抱她。德墨忒尔找回了失去的女儿，非常高兴，于是便让谷物从犁过的土地中长出来，使广袤的大地满盖着枝叶和鲜花。

沿海达雅克人是怎样学会种植稻谷的

　　沿海达雅克人对他们最初怎样栽种米稻以及为何尊重预兆鸟（在达雅克人生活中起着重大作用的一种鸟）这两件事作了解释。他们的民间传说故事讲道：很久很久以前，达雅克人还不知道稻米，只以木薯、甘薯、土豆一类的作物为主食。有一位名叫曦宇（Siu）的年轻英俊的酋长带着吹箭筒走进森林射猎飞鸟。他在林中到处走了一天，直到太阳西沉时连一只鸟一只野兽也未遇见。后来他走到一株无花果树附近，树上尽是熟透了的果实，一大群各种各样的鸟儿正在那里忙着啄食。他生平从未见过这多的鸟聚集在一起！似乎整个森林中的鸟类全都飞集到这棵树的树枝上来了。他用吹箭筒吹出带毒的短箭射杀了许许多多的鸟，捡起来装进袋子里，打算回家了。可是他在林中迷失了道路，夜幕降临后，他才看到了达雅克人家的灯光，听见了达雅克人惯常的说话声。他把箭筒和死鸟藏在林中，爬上梯子进入人家，才发现那里竟空无一人，这使他大为吃惊。长廊上没有人，而就在一分钟以前他听到这里有那么多人在说话，这时竟连一个人也看不见了。那屋子有许多房间，只有一个房间里亮着昏黄的灯光。他发现里面有一位美貌的姑娘，那姑娘正在为他准备晚饭。

这时候曦宇还不知道那房子原来是神灵世界的统治者、伟大的辛加兰·布朗（Singalang Burong）邸宅。辛加兰·布朗善于变化，能使他自己以及他的信徒侍从变成各种形态。如要攻击敌人，便变成各类鸟形，飞快地越过大树、宽阔的江河，甚至海洋。可是在自己家里或在自己人中间，辛加兰·布朗总是跟平常人的形貌一样。他有八个女儿，为曦宇做饭的是他最小的女儿。当时那屋子里那么寂静，是因为都出去吊唁他们的被人杀死的亲友并且去寻找仇人报仇去了。曦宇在那屋里住了一个星期。那位小姑娘的昵名叫本苏·布朗（Bunsu Buvong）或"鸟家最年轻的"，同意跟他结婚，但是有个条件，就是他必须答应决不杀死或伤害任何一只鸟，甚至连任何一只鸟也不捉在手上；如果他食言，她马上就不做他的妻子。曦宇答应了，于是他俩就一同回到他的家人中去了。

这两口子生活得非常愉快，曦宇的妻子生了一个儿子，取名塞拉岗廷（Seragunting）。这孩子，按其年纪来说，长得特别高大壮实。一天当他正和小伙伴们一块玩耍时，一个男人用网兜捕捉了一些鸟儿走了过来。曦宇此时忘记了对他妻子所做的承诺，竟让那人让他看看那些鸟儿，并且捉了一只放在手中，还用手指轻轻触摸它。他的妻子见此情景，很是伤心。她提起水桶走了出去，好像到井边去汲水。可是这一去就再也不回返了。曦宇和他的儿子一连寻找她多日，也没找到，非常难过。经历了千辛万苦，最后来到孩子的外公、神灵世界的统治者辛加兰·布朗的家里，找到了失踪的妻子，孩子的母亲，在那里住了一段日子。曦宇心里渴望着自己的老家，只好劝说妻子和他一同归去，但妻子却不肯。无奈，他只好和儿子返回故里。临别之际，他的岳父教了他怎样栽种稻米，怎样尊重神鸟并从神鸟那里得到预期征兆。那些鸟都是用神灵世界统治者的女婿的名字命名的，都是那位统治者向人类宣示其意愿的使者。

　　以上就是沿海达雅克人学会栽种米稻和尊敬预兆鸟的由来。

那格浦尔的邦主胸前为何戴有蛇像

那格浦尔①的大邦主（Mahavajah）胸前戴着一条人面的眼镜蛇像，掩盖在其宽大的外套兜帽之下，周围满是皇家的徽志。邦主及其家族主要成员总是缠着头巾。那形状活似盘成一圈的巨蛇，蛇头伸出在其人的额前。

有一则传说故事阐明了这种巨蛇标志的缘由。那是属于美女与野兽那一类型的故事。古时候，一条名叫蓬达里卡（Pundarika）的"那迦"（Nag，即巨蛇），变化成一个婆罗门的样子，常常去到贝拿勒斯②一个真正婆罗门的家里，学习经书知识。老师对他的学习成绩很满意，后来竟把自己的独生女儿、美丽的帕尔瓦蒂（Parvati）嫁给他为妻。可是这条狡黠的巨蛇，尽管善于随意变化形体，却不能掩饰自己的分叉舌头和恶臭气味，总是想着对他妻子隐瞒这些缺陷。

一天夜间，妻子发现了他的这些令人不愉快的奇异之处，严厉地诘问他。为了转移她的注意力，他便提议与她一同去朝拜朱格纳特③神像。到那时兴的泉水之处去朝圣这个主意使得这位娘子十分兴奋，便忘了盘诘的事。可是，朝拜归来的途中，她的好奇心又来了，便反复地追问。在当时情况下，作为温柔的丈夫，这条巨蛇无法回避那些问题。他很清楚，他要是说出真相，马上就会使他这条神蛇跟他的凡人妻子永远分离。于是他就说了一个奇妙的传说故事，然后跳进一个水塘，不见了。

对于他的妻子来说，他如此仓促离去，实在难以释怀，在悲痛悔根中，产下了儿子。她非但不以为喜，相反却架起一堆柴禾，自焚而亡。正当此刻，一位婆罗门路过其地，看到那被弃的婴儿躺在一条颈部膨大的巨蛇盘蜷之内，受其庇护。原来那正是弃婴的爸爸在保护其儿子。那巨蛇向这位婆罗门讲述了自己的身世，并且预示声称此子为梵尼玛库它·拉耶（Phanimakuta Raya），即"戴冕之蛇"的意思，长大后将成为那格浦尔邦的统治者——拉杰（rajah，邦主）。那格浦尔的邦主胸前都戴有蛇像，其来由便是如此。

---

① 那格浦尔（Nagpur），印度中部马哈拉施特邦的一个城市。"-pur"是梵语的地名后缀。"Nag-pur"即"巨蛇之地"的意思。
② 贝拿勒斯（Benares），印度东北部的一个城市，即今之瓦拉纳西市，印度教圣地。
③ 朱格纳特（Juggernaut），印度教守护神毗湿奴的第八化身黑天在奥里萨邦浦里的名字。

阿塔玛斯国王

古时候，希腊某城邦的国王阿塔玛斯（Athamas）娶了一个妻子名叫纳菲尔（Nephele），生子名弗里克索斯（Phrixus），还有一个女儿名赫尔（Helle）。后来他又娶了第二个妻子，名叫伊诺（Ino）。伊诺和他生了两个儿子，一名李尔秋斯（Learchus），一名墨利色蒂斯（Melicertes）。这第二个妻子嫉妒她的继子弗里克索斯和继女赫尔，要谋害他俩。为实现这一邪恶目的，她做得非常奸猾。首先，她劝说全国妇女在播种之前先偷偷地把谷种在火上烘炒一遍，这样第二年地里就长不出庄稼，人民死于饥馑。国王派使者到德尔菲（Delphi）那里向神询问造成饥荒的原因。邪恶的继母贿赂使者谎称神谕应将阿塔玛斯前妻所生的儿女献祭宙斯，才可止住饥荒。

阿塔玛斯闻听之后，即招来正在牧羊的儿女。一只长着金羊毛的公羊竟口吐人言警告这两个孩子前途有险。孩子们便骑到这头公羊背上，腾空而起，飞跃陆地和海洋，逃往他乡。当他们飞在海洋上空时，女孩从羊背上滑落，跌入海中，淹死了。不过，她哥哥弗里克索斯却平安到达了科尔契斯（Colchis）的国土上，那里的统治者是太阳的一个儿子。弗里克索斯和国王的女儿结了婚，他们生了一个儿子取名西蒂索鲁斯（Cytisorus）。他把长着金羊毛的公羊献祭给了天神宙斯，把那些金羊毛献给了他的岳父，他的岳父则把金色羊毛钉进了阿瑞斯①圣林内的一棵橡树之中了，那里由一条昼夜不眠的龙守护着。在这期间，他的家乡有一则神谕要国王阿塔玛斯本人充当祭品，向神献祭以为全国人民赎罪。于是人们用花环把他打扮成祭品的样子，把他领上祭坛，正要将他献祭，这时候他被救了。可能是他的孙子西蒂索鲁斯救了他，后者在紧要关头从科尔契斯赶到现场；也可能是赫拉克勒斯救了他，后者带来国王的儿子弗里克索斯还活着的消息。阿塔玛斯获救了，可是后来他又疯了，误把他的儿子李尔秋斯当成野兽而射死了。接着他又想要他剩下的儿子墨利色蒂斯的命，幸好儿子的妈妈伊诺赶到救了那孩子，母子俩从高崖上跳入海中。母亲和儿子都变成了海神，儿子在特内多斯岛（Tenedos）上受到特别的崇敬，人们向他献祭婴儿。不幸的阿塔玛斯失去了妻子和儿子之后，便离开了自己的国家。他请求神告诉他该住在哪里，神指示他应住在许多野兽接待他的地方。他落在了一群吞噬羊的豺狼之中。那些狼一见到他，立即都跑开了，留下它们吃剩的羊的残骸。神谕就这样应验了。可是由于阿塔玛斯国王没有为国人赎罪充当祭品，神下谕：他家每一代最长的子嗣，只要进入市镇大厅（阿塔玛斯家的一员在这里献祭给宙斯），就一定得将他献祭。薛西斯②听人报告说，阿塔玛斯家族中许多人逃往外国避此杀身之祸，其中有许多人多年以后又回转家乡，一旦进入市镇大厅，就被守卫人员抓住，给戴上花环，列队将他领到祭坛献祭了。

---

① 阿瑞斯（Ares），希腊神话中的战神，是宙斯和赫拉生的儿子。
② 薛西斯（Xerxes），可能指古波斯国王薛西斯一世（公元前519年—前465年），曾领军入侵希腊雅典，在萨拉米海战中被希腊联军击败。

维克拉玛谛特亚国王

印度西部弥瓦（Mlawa）高原的古都乌贾因（Ujjain），相传最初为著名的维克拉玛谛特亚（Vikramaditya）国王建都之地。维克拉玛谛特亚网罗了一批学者和诗人在他周围。据传说，从前有一个魔王，带着手下一大批恶魔，来到乌贾因住下，滋扰并攫噬当地居民。许多人被噬丧命，幸存者纷纷弃家往外地逃生。原来人烟稠密的城市转眼变成了荒无人烟之地。地方上的首脑人士会议商量，恳求恶魔将其每日口粮减到一天一人，这样未死者可以多延续数日之生命。恶魔答应了这一恳求，但是提出：轮到献祭之人，必须先做一天国王，行使一天国王的权力，所有权贵都必须听从他的命令，人人都必须绝对臣服于他。这些首脑人士无奈，只得接受这些苛刻条件，把各人的名字都列入名单，依次轮流，一人做一天国王，然后献祭恶魔。

万幸的是，这时候恰巧有一个从古吉拉特（Gujerat）来的商队路经此地，暂时驻扎在离此城不远的一条河边上。商队里有一位伺候的仆人，那仆人正是维克拉玛谛特亚。傍晚时分，胡狼跟往常一样嗥叫起来，有一只胡狼打着狼语说道："两个小时内将有一具人的尸体顺着这条河流漂来，死者腰间有四粒很贵重的红宝石，手指上还戴着一枚绿松石的戒指，谁要是能将那具尸体送给我吃了，谁就将有权统治这世界七大洲。"维克拉玛谛特亚通晓鸟兽语言，知道胡狼说的内容，便将漂来的尸体捞起来送给胡狼吞噬，他自己则占有了那枚戒指和四颗红宝石。

第二天他走进城内，漫步街头，见到一队兵马组成盛大的护卫队停在一个陶工的家门前。城里的权贵们也都在这里，还有城里的警备队也随同他们一起。他们正在劝说陶工的儿子骑上大象，堂皇地前往国王的王宫。可是令人奇怪的是：那陶工和他的妻子，不但不以他们的儿子受到这等殊荣而高兴，相反却双双站在门口悲苦哭泣。问明了情况之后，这位勇武的维克拉玛谛特亚对此十分悲悯同情，便自告奋勇，情愿代替那陶工的儿子去当那送命的国王。他说他将要么解救人民于恶魔的残虐，要么就丧命于魔口之中。于是他披上王袍，戴上王冠，骑上象背，威严堂皇地来到国王宫殿，登上王位，朝中所有的高官显贵全都在他面前表示尊崇和臣服。夜里，恶魔照例赶来要攫噬他。可是恶魔敌不过维克拉玛谛特亚，经过一番恶斗之后，恶魔投降了，同意退出这座城市。第二天早晨，人们来到王宫，惊讶地发现维克拉玛谛特亚仍然活着。大家认为他绝非凡人，一定是神人或是哪位大国王的后裔。人们感谢他的拯救，一致拥戴他，他愉快地当了此国的国王。

第五部分

故　事

磨坊主的妻子和两只大灰猫

在西里西亚，有一个年轻健壮勤奋的小伙子到外地旅行。一天，他来到一个磨坊，磨坊主对这个年轻人说他想要一个学徒工，但不敢雇用，因为过去他用过的学徒工们都在夜间跑走了，第二天早上他来磨坊时，那磨坊都停止在那里一动也不动。这次他喜欢这个年轻人的长相，就雇用了他。这位新学徒工听到有关磨坊以及在他之前的学徒工们的情况，却并不令他鼓舞。

轮到他值班看守磨坊的第一天夜里，他特别随身佩带了一把斧子和一本祈祷书。他用一只眼睛盯着那嗡嗡发响的转动的磨轮，另一只眼睛则盯在祈祷书上，借着桌上摇曳不定的烛光阅读祈祷文。这样过了几个小时，一切都很平静，只有那机器发出的咔嗒咔嗒的单调的低音在回响。他依旧继续阅读祈祷文，斧子仍然放在桌上伸手就能拿到的地方。午夜十二点的钟声敲响了。就在这时候，门忽然开了，进来了两只灰猫，一老，一壮，喵喵地叫唤着。它们坐在他对面，显然不喜欢他那警醒不睡的神态、他的祈祷书以及那把斧子。突然，老猫伸出前爪去抓取那把斧头，可是这年轻人比它更快地把斧头抢在了手中。接着那大猫也突然伸爪去抢那本祈祷书，这年轻人则紧紧握住了书。两猫都未能得逞，便怪声叫了起来，使得年轻人难以朗读他的祈祷文。刚要到一点钟时，那只大壮猫竟跳到桌上，伸出右爪要扑灭蜡烛的火光。年轻的徒工举手一挥，斩断了壮猫的右爪。在尖锐的尖叫声中两只猫立即消失不见了。徒工把砍下来的猫爪用纸包裹起来留供主人查看。

第二天早上，磨坊主来了，看见那磨仍在不停地转动，年轻的徒工还坚守在岗位上，感到很高兴。徒工把昨夜发生的事情告诉了主人，并把包着的猫爪交给了他。磨坊主打开纸包一看，师徒二人全都惊呆了：原来纸包内的猫爪子不见了，包的却是一只女人的手！吃早饭时，磨坊主人的年轻妻子没有像平常那样坐在餐桌边。她卧病在床，正派人去请医生来为她包扎右手，因为据说她锯木头时不慎滑了手，把右手割断了。当天，那年轻的徒工收拾了自己随身物品在日落之前便离开了那个磨坊。

彭契金与鹦鹉

　　这是一则印度民间传说故事，讲的是一位名叫彭契金（Punchkin）的巫师，俘虏了一位王后，将她禁闭了十二年之久，想娶她为妻，王后不肯顺从。最后，王后的儿子赶来救她，两人合计要除掉彭契金。于是王后便对巫师和颜悦色，假装终于想通了，愿意嫁给他。"但是，"她说，"请告诉我，你真的是个了不起的巫师，超脱了生老病死吗？""那当然是啰，"巫师说道，"我跟别人就是不一样。离这儿很远很远、千里之外，有一处荒僻的丛林，丛林深处长着一圈棕榈树，那一圈棕榈树中央放着六个盛满水的陶制水罐，一个叠着一个；第六个水罐下面放着一个小笼，笼里养着一个绿色的小鹦鹉，我的性命就跟这鹦鹉的性命连在一起；如果那鹦鹉被杀死了，我也就活不成了。""不过，"他接着又说道，"那鹦鹉是绝不会受到任何伤害的。因为，第一，那地方非常遥远，人迹难到；第二，我派遣了许许多多的神灵守护在那些棕榈树的周围，任何人只要一挨近那里，就会被杀死。"

　　王后的儿子克服了一切艰难险阻，终于捉到了那只鹦鹉。他带着鹦鹉来到巫师住处门口，并开始逗弄那鹦鹉。巫师彭契金看见了他，便走了出来，试图哄骗孩子把鹦鹉还给他。他喊道："把我的鹦鹉还给我！"这孩子紧紧抓住鹦鹉，扯下它的一只翅膀，马上那巫师右臂就脱落下来。彭契金又伸出左臂喊道："把鹦鹉还我！"王子又扯下鹦鹉的另一只翅膀，那巫师的左膀又随之断落。巫师跪倒在地，哭喊道："把鹦鹉还我！"王子接着扯下鹦鹉的右腿，巫师的右腿便断了；王子扯断鹦鹉的左腿，巫师的左腿也折断了。巫师只剩下了身躯和脑袋，却仍转动着两只眼睛，喊道："把鹦鹉还我！""好吧，接着你的鹦鹉吧。"这孩子大声说道，随着便拧断鹦鹉的脖子，向巫师扔去。这么一来，那巫师的脑袋也就折断了歪在一边，一声惨叫死在地上！

不死的柯谢依

这是一则斯拉夫民间传说。

有一个名叫"不死的柯谢依"（Koshchei）的巫师掳走了一个公主，把她关在自家的金堡里。一天，公主正独自在金堡的花园里散步，心里十分哀然。恰巧一位王子路过，见到了她，便向她表示友爱。公主看到有机会随同王子逃出魔窟，非常快慰，便走到巫师面前假意奉承哄骗于他。公主说："最亲爱的朋友，请告诉我，你能长生不死吗？""当然能啰。"巫师说道。"那好，"公主说，"你的生命藏在哪里呢？藏在你住的地方吗？""是的，"巫师说，"就在门槛下的扫帚里。"公主找出扫帚，把它扔进火里，扫帚烧成了灰烬，不死的柯谢依却安然无恙，连一根头发也没有烤焦。

第一次尝试受挫之后，机灵的小姑娘故意噘着嘴巴说道："你并不真的爱我，你没把你藏放生命的地方告诉我。可我倒不生气，还是全心全意地爱你。"她说了这些奉承的话，要求巫师说出他藏放生命的真实地方。巫师笑了，说道："你干吗要知道这个？好吧，由于爱你，就告诉你吧。有一处地方，长着三棵葱郁的橡树，在那最大的一棵橡树的树根底下，有一条蛇蜥。如果那蛇蜥被人砸死，我也就立刻死亡。"公主听了这些话后，立即去告诉了她的情人，她的情人便去搜寻那三棵橡树，挖出了蛇蜥，把它砸烂了，立即赶回巫师的魔邸，不料公主告诉他那巫师仍旧活得好好的。

　　于是公主又来谄媚巫师。这回，巫师经不住哄诱，向她敞开了心扉，说出了真相。"我的生命，"他说，"放在遥远的地方，难以寻到。我把它藏在很远的大海里，在那汪洋大海里，有一座小岛，岛上长着一棵葱郁的橡树，橡树底下有一只铁箱子，箱子里面有一只小篮子，篮子里有一只兔子，兔子肚内有只鸭子，鸭子肚内有一只蛋。谁要是找到了那只蛋，把蛋砸碎，同时也就杀死我了。"王子自然设法找到了那只决定命运的蛋，拿在手里来见那不死的巫师。这怪物本来可以杀死王子的，可是王子用力一攥手中的蛋，怪物便痛得大叫起来。怪物转身向站在一旁假意微笑的公主，说道："不正是因为爱你，我才把我生命藏放的地方告诉了你吗？现在你就这样回报我么？"说着，伸手就去摘那挂在墙上的宝剑。但还没等他摘剑在手，王子已迅速砸碎了手中拿的蛋，那号称不死的巫师就立即一命呜呼了。

水磨坊里的龙

　　有一条孽龙住在一家水磨坊里，先后吃了国王的两个儿子。国王的第三个儿子出外寻找他的两位兄弟，来到水磨坊，发现里面只有一位老妇人。老妇人向他述说了占据此水磨坊的怪物的可怕特性，以及怎样撕裂吞噬了王子的两位兄长，她请求王子赶紧回家，以免同样的厄运落到他头上。王子英勇机智，对老妇人说："好好听我对你说，你去询问那龙，它到哪里去了，它身上的气力藏在何处，凡它说到它身上气力所在的地方，你都——亲吻，装作对它敬爱，直到找到他的气力之所在，等我再来时告诉我。"

　　于是，待到那龙回来时，老妇人便问它："老天爷，你这一阵子都在哪里？你老远地到哪里去了？你是不会告诉我的吧。"那龙回答说："亲爱的老奶奶，我确实走得很远。"老妇人哄它说："你干吗去得那么远呢？告诉我，你身上的气力在哪里。我若是知道了你身上的气力在哪里，出于爱你，我真不知道该怎样才好。我一定要亲吻所有那些你藏放气力的地方。"龙笑了，对她说："我的气力在那儿，在那炉床里哩。"老妇人便走到炉床边，爱抚它，亲吻它。龙见老妇人这样，便笑了起来。"傻老奶奶，"它说道，"我的气力不在那儿，是藏在屋前大树的树瘤里的。"老妇人便又去爱抚并亲吻门前那棵大树。龙又笑了，对老妇人说："走开，老奶奶，我的气力没有藏在那里哩。""那么，藏在哪里了？"老妇人问道。"我的气力，"那龙说道，"藏在很远的地方，你去不了那里。那是远在另一个王国里，在那国王的皇城底下，那里有一个湖，湖中有一条龙，龙体内有一头公猪，公猪体内有一只鸽子，我的气力就藏在那鸽子体内。"至此，龙的秘密已经泄露。

第二天早晨，那龙又离开了水磨坊到别处去干它那惯常的营生——吃人去了。王子来寻老妇人，老妇人把探得龙藏气力的秘密告诉了他。于是，王子就去寻到远方国度王城底下的湖泊和潜伏湖中的那条龙。原来，那是一座孤零零的宁静湖泊，碧绿如茵的草地环绕周围，许多羊群在啃啮那芬芳味美的青草。王子卷起裤筒和袖口走入湖中，大声呼叫湖中的龙出来与他战斗。不一会工夫，怪物露出了水面，浑身湿淋淋的，背上的鳞片在夏日清晨的阳光照耀下闪闪发光。一人一怪格斗在一起，从早晨直打到下晚。天气那么酷热，格斗又那么费劲，那龙终于筋疲力尽了，它说道："王子，放我走吧，我且到湖底去弄湿我晒得难受的脑袋，再来把你抛上天去。"王子坚决不答应。那龙一撒手猛地钻进水底，水面冒起一串水泡和汩汩声。等到水面不再冒泡了，那龙也消失了。你不会想到在那倒映出绿色的湖岸、游动的白色羊群、蔚蓝的天空和夏日黄昏五色斑斓的晚霞的宁静的湖水下面，竟潜伏着这么一个凶猛险恶的怪物。第二天，人和怪照旧战斗了一天，以怪物潜入水底而暂停。

到了第三天，本地国王漂亮的女儿亲吻了王子，从而大大增强了王子的气力，终于把那怪龙高高地抛到了天上。怪物跌落湖面，在巨大的砰然轰响声中碎成无数小块。一头公猪从那些小块中逃了出来，拔开四蹄拼命往陆地逃跑。王子放开牧犬紧紧追赶，抓住了公猪，将其撕裂成碎块。那些碎块里又迸出了一只鸽子，王子便放出猎鹰向鸽子飞扑过去，猎鹰一爪抓住了鸽子，交给了王子。鸽子体内藏的正是那占据水磨坊的孽龙的命。王子掌握了孽龙的生命，却并不马上将它处死。他审问了孽龙有关他两位兄长的下落，原来两人都惨死于孽龙的魔爪之下。王子又查明了怎样复活死者和释放被孽龙禁闭在水磨坊底下地窖里的许多受害者之后，才拧断鸽子的脖子。自然，孽龙的生命及其罪行也就到此结束。

真正的钢铁

　　有一个名叫"真正的钢铁"的巫师掳走了王子的妻子，把他关在自己的洞穴里。王子设法与妻子通了话，告诉她一定要想办法探出"真正的钢铁"藏放其生命力的地方。于是，等"真正的钢铁"回洞时，王子的妻子便对他说道："请告诉我，你的生命力藏放在哪里？"巫师说道："我的生命力藏在我的剑里。"王子的妻子转过身来便对着那剑祈祷。巫师见她如此，笑道："蠢女人！我的生命力没藏在那剑里，是藏在我的弓箭里的。"她又转身，向着弓箭祈祷。巫师说道："我明白了，你有个聪明的老师教你找出我藏放生命力的地方。我可以说你的丈夫还活着，是他教你这么做的。"但是，王子的妻子断然宣称绝没有人教她。当她发觉巫师又一次欺骗了她时，便停了几天，然后才再向他询问藏放生命力的秘密。他说道："既然你这么想知道，我就把这秘密告诉你吧。离这儿很远的地方有一座高山，山中有一只狐狸，狐狸体内有一颗心脏，心脏里面有一只小鸟，小鸟体内藏着我的生命力。可是，要想捉到那只狐狸是很不容易的，因为那狐狸会变，能变成各种各样的生物。"第二天，巫师离洞出去之后，王子来到洞内，从妻子口中知道了巫师的秘密，便立即赶往那座大山。尽管那狐狸，或者更确切些说，那雌狐，擅长变形，但是王子在一些鹰鹬螭龙的协助下终于捉住了它，剥开狐腹，取出其心肝，得到了那小鸟，投入大火中烧死。于是，那不死的巫师"真正的钢铁"也就立即随之倒地身亡了。

没有灵魂的国王

　　有个王子娶了一个国王的女儿为妻，同时还得了这个王国。公主将王宫的钥匙交给了他，告诉他除了一个小房间之外，他可以随意出入任何房间。开那个小房间的钥匙上面系着一根细小的绳子作为记号。一天，王子闲着无事，便到宫内所有的房间里查看一番，聊以消遣。连那个禁止入内的小房间他也走了进去。他发现小屋内有十二颗人头，还有一人吊在门的吊钩上。那人对王子说："请给我来一杯啤酒。"王子拿来啤酒，送给了他，他接过喝了；又对王子说："请把我从吊钩上放下来。"王子就放下了他。这人就是那没有灵魂的国王。

　　国王马上利用获得了自由的机会，跟王宫的马车夫谋划商议，把王子的妻子弄到马车上，驱车扬长而去。王子闻知，策马随后追赶，追上马车时，大声喊道："停车，你这没灵魂的国王。快下车来跟我格斗！"国王下了车，两人便打斗在一起。不一会工夫，国王便削掉了王子外衣的纽扣，刺着王子的肋下。国王登上马车继续前进。王子仍策马随后追赶。当赶上马车时，仍大声喊道："停车，你这没灵魂的国王，下车来跟我格斗！"国王又下车跟王子打斗，又削掉了王子外衣的纽扣，刺入王子肋部。国王仔细拭去剑上的鲜血，把剑插入鞘内，对被他击败的对手说道:"听着,上一回我饶了你,是报答你曾给过我一杯啤酒。这回我又饶了你,是报答你把我从吊钩上放了下来。如果你还要跟我打斗,我可就要把你剁为肉末了。"说着,就跳上马车,招呼车夫驱车前进。车窗砰的一声关上了,马车如飞疾驰而去。但是,王子依然紧追不舍,赶上之后,仍又高声喊道:"停车,你这没灵魂的国王,下来再斗!"国王跳下车来,两人又斗在一起,殊死拼搏,难分难解。突然,国王一剑刺透王子的胸膛,王子还没明白是怎么回事便倒在了路旁,成了一堆肉末。

王子的妻子,或者说遗孀,向国王请求说:"请允许我把那堆残体收集起来吧。"国王说:"可以。"于是王子的遗孀就把那一堆肉末团成一个利索的小包,放在马车的前座上,马车向国王的王宫驰去。长话短说,已死王子的妻弟放出一只老鹰,夺取了生命之水,浇在王子的碎尸上,王子立刻就起死回生了,而且健康强壮。于是,王子又找到国王的王宫,同时吹弄一支短笛。他的妻子在宫内听见了笛声,说道:"我丈夫在世时常常这么吹奏短笛,但他已被国王剁成肉末了。"于是,她就走到王宫的大门口,问他说:"你是我的丈夫吗?""正是。"他说,并且教她去打探国王藏放灵魂的地方,然后来告诉他。

她来到国王面前,询问国王把灵魂藏在哪里。国王说,我的灵魂藏在远方的一个湖里。那湖边有一块石头,石头里有一只兔子,兔子里有一只鸭子,鸭肚里有一个蛋。我的灵魂就藏在那蛋里。王后回到王宫前门告诉了她的前夫——那个等在门外的王子，并且给了他许多钱财和食物供他旅途食用。王子便马上出发去那远方的湖里，待他来到湖边，却不知那石头在湖中何处，只好在湖岸边徘徊。他已经吃尽了所带的食物，饿得十分难受。这时，他遇见一只狗，便想用箭射杀它来充饥。狗对他说："请别射死我，当你需要时，我将是你的得力的帮手。"他饶了那狗，继续走自己的路。路上，他看见两只苍鹰，一大一小，栖息在一棵大树上。他便爬到树上，捉住了那只小鹰。老鹰对他说："请别把我的小鹰带走，在你需要的时候，它将是你有力的帮手。"王子听了他的话，便空着手爬下树来，继续上路。途中他见到一只大螃蟹，打算砸断它的一只腿来吃。大螃蟹对他说："请别砸断我的腿。当你需要的时候，我会是你得力的帮手。"他又丢下螃蟹，继续走自己的路。

最后他遇到一些人，请人们帮他在湖中打捞那块石头，搬到岸上。他在岸边把石头碎成两半，一只兔子从碎石中蹦了出来。那狗一下子就抓住了兔子，把兔子撕碎了，兔子肚子里跑出了一只鸭子。小鹰飞扑到鸭子身上，把鸭子撕碎了，鸭肚里落下一个蛋来。蛋滚进了湖里。那螃蟹从湖中取出了蛋，递给王子。在王宫里的国王这时马上就病倒了。王子来到国王面前，说道："你杀死了我。现在该我来杀死你了。"王子说着，用力把蛋扔在地上，国王便从床上掉到地上，直挺挺地死了。于是，王子带着妻子双双回到自己家中，过着美满幸福的生活。

灵魂藏在鸭蛋里的巨人

　　一个巨人掳走了国王的妻子和两匹马，藏在自己的洞穴里。那两匹马向巨人发起了攻击，将他打伤，连爬都爬不了。巨人对王后说道："我若是将我的灵魂藏在了我自己身上的话，那两匹马便早就把我打死了。""那么，亲爱的，"王后说道，"你的灵魂藏在哪里了？遵照常规，我应该要照看它的。""放在那块叫作波拿奇（Bonnach）的石头里面了。"巨人说道。第二天，巨人出去之后，王后便把那波拿奇石头安放得特别端正。傍晚巨人回来见到那石头放得那么端正，便对王后说："你干吗把那石头放得那么端正？""因为你的灵魂藏在那里面了。"她说。"我明白了，"巨人说，"你要是真知道我藏放灵魂的地方，你一定会格外关注它。""我会那样的。"她说。"我的灵魂没藏在那石头里，"他说，"我的灵魂是藏在门槛底下的。"第二天早上，她把那门槛收拾得特别好。巨人回来后问她："是什么使你把门槛收拾得这么好？""因为你的灵魂藏在里面呀。"她说。"我明白了，"巨人说，"如果你知道我藏放灵魂的地方，你准会照看它的。""那当然。"王后说。"我的灵魂没藏在门槛底下，"巨人说，"门槛底下有一块大石板，石板下面有一只阉羊，阉羊肚里有一只鸭子，鸭子肚里有一个蛋，我的灵魂就藏在那蛋里。"第二天早上，巨人外出以后，石板被抬起来了，阉羊走了出来。阉羊的肚子被剖开，鸭子走了出来。鸭子的肚子被剖开，那只蛋便露了出来。王后拿起那蛋，在掌中把它压碎，这时候，巨人正在暮色中向自家的洞穴走来，便随之立即倒地身亡。

无头王子

　　这是一则苏格兰高地的民间故事，讲的是洛克林（Lochlin）
地方的一个名叫修（Hugn）的王子被一个巨人俘房后的遭遇。
那巨人居住在耸出于马尔（Mull）海湾之上的一座洞穴里。王子
在那阴郁的洞穴里囚禁了好多年。终于，一天夜间，巨人同其妻
子激烈地争吵，王子听见了并且从中发现巨人的灵魂就藏在他前
额上戴的宝石里面。王子伺机夺到了那宝石，却无法逃走，也无
法隐藏。情急之下，慌忙将宝石放进口中。巨人迅速拔出宝剑闪
电般向王子的脖子砍去，但是已经来不及了，那宝石已吞进了王
子腹中。巨人倒下了，宝剑还握在手中，连哼都没来得及哼一声
便断了气。王子尽管被砍掉了脑袋，却一点也不觉得不好，因为
他体内装了巨人的灵魂。他把巨人的宝剑佩带在身旁，跨上那匹
从来没有配过马鞍的灰色小母马，疾如风驰地回转家去。他没有
了脑袋这事使他的朋友们十分难受，都认为他是个鬼魂，把他拒
之门外，不肯款待他。他只好骑着那匹比飙风还要快的灰色小母
马永远在黑暗中流浪。每当暴风雨的夜晚，狂风在山墙和树丛间
呼啸而过时，你可以看到他沿着那"骇浪与黄沙"之间的海岸上
纵马驰骋。许多不肯安静地上床睡觉的顽皮的孩子被这位骑着灰
色小母马的无头王子带走了，再也没见回来。

帮助人的动物

　　这是一则苏格兰民间传说。有一个很大的巨人——索查（Sorcha）的国王偷走了牧人——克鲁昌（Cruachan）的国王的妻子和他的长着暗褐色长毛的小母马。牧人烤了一张大麦饼，带着它上路去寻找他的妻子和小母马。他走了很长很长时间，直到脚底走黑了，脸颊晒红了，黄头鸟进入树丛栖息，白日已去，夜幕降临。他见到远处有一所房子，虽然路远，他还是赶到了那里。他走进屋内，坐在屋子的尽头里，整个屋子空无一人。可是，屋内的火是新生好的，屋子是刚刚打扫的，床铺也是新铺设的。这时走进一人，正是夸奇幽谷（Glencuaich）之鹰。她对牧人说道："是你在这儿吗，克鲁昌的年轻的儿子？""是我。"牧人答道。那鹰对他说："你知道昨晚谁在这里住过吗？""我不知道。"牧人说。"大巨人索查之王，你的妻子，还有那暗褐色的小母马昨晚在这里过的夜。大巨人严厉地威胁说，他要是抓住了你，便把你的脑袋摘下来。""我相信你说的。"牧人说。她向牧人送上吃的和喝的，然后打发牧人上床睡觉。第二天一大早她就起来给牧人准备早饭，还烤了一张大饼给他带在路上吃。

　　牧人告别上路，又走了一整天，傍晚来到另一所房子。他走进屋内，受到绿头鸭的接待。绿头鸭告诉他，大巨人带着牧人的妻子和暗褐色的小母马昨晚宿在这里。次日牧人继续上路，晚上来到又一家屋子，他进去之后，得到矮树林之狐的招待。之后发生的情况和前面一样，只是夜晚招待他的乃是林间平地的棕色旱獭，屋内的火也是新生起来的，地板也是新拖洗的，床铺也是新铺的。一夜过去，早上醒来，他首先看到的就是夸奇幽谷之鹰、绿头鸭、矮树林之狐，以及林间平地的旱獭们一起都在地板上跳舞。他们为他做好早饭，大家坐在一起共进早餐。席间，他们对牧人说："无论什么时候，如果你遇到危难，你只要心念我们，我们就会马上来帮助你。"

那天晚上，牧人来到巨人的洞穴，出现在他面前的，不是别人，正是他的妻子。妻子给了他吃的，把他藏在洞穴尽头的一端。巨人回洞后，左嗅右嗅，说道："洞内有生人气味。"他的妻子说，没有，那是她烤过的一只小鸟的气味。接着她又说道："我希望你能告诉我你的生命藏在哪里，这样我就可以好好照看它了。""就在那边的一块灰宝石里面。"巨人说道。第二天，巨人离开洞穴后，她便把那灰宝石很好地装饰起来，放在洞内尽里头的高处。晚上巨人回来看见了，便问她说："你摆放在那尽里头的是什么东西？""你的生命呀，"她说道，"我们一定要把它照看好了。""我看出来了，你是很喜欢我的。不过我的生命并不在那里面。"他说。"那么，在哪里呢？"她说。"在远处山坡上的一只灰羊的肚子里。"他说。第二天早上，巨人出门去了。她找到那灰羊，把它打扮好了，安置在洞内最里头高处。晚上巨人回来见了，又说："你那里安置的是什么？""你的生命呀，亲爱的。"她说道。"我的生命也不在那里面。"巨人说。"好嘛！"她说，"瞧你说的，为了照看你的生命，让我遭到多少困难。这两回你都没向我讲真话。"这时，巨人道："我想现在可以对你讲真话了。我的生命藏在马厩里那匹大马的脚底下，那底下有一块地方，里面有一小小池塘。池塘那边有七张灰色兽皮，兽皮对面有七块从荒地移去的草皮，它们底下有七块橡木地板。池塘里有一条红点鲑鱼，鲑鱼肚里有只鸭子，鸭肚里有个蛋，蛋里有一根黑刺李的刺。除非把那刺嚼成细末，不然我是死不了的。无论什么时候，只要一碰那七张灰兽皮、七块荒地草皮，或七块橡木板，我无论身在何处，马上就知道了。我有一把斧子放在这门上面，除非用它一下子砍穿前面所说的那些东西，否则任何人都到不了那池塘边的。只要有人快临近那池边时，我就知道了。"

第二天，巨人出门上山打猎去了，克鲁昌的牧人，在友好动物——鹰、鸭、狐、獭的帮助下，设法得到了那致命的李树刺并放在口中嚼得粉碎，巨人还没来得及赶到，便已倒在地上，成了僵硬直挺的一具死尸。

精灵与麻雀

在《天方夜谭》里我们读过一篇故事：赛伊夫·埃尔·莫克（Seyf el Mulook）经过四个月的跋山涉水，横越沙漠，终于来到一座巍峨的宅邸。在那里，他遇见了印度国王的可爱的女儿独自坐在一间铺着丝毯的大厅的金榻上。公主告诉他，她是被一个精灵掳到这里的。当时她正和她的女仆们在国王（即她的父亲）的大花园里的贮水池旁游戏，精灵突然向她袭击，把她抢来。赛伊夫·埃尔·莫罗克自告奋勇，要为公主除掉那精灵。"不过，"公主说，"你杀不死他，除非你先杀死他的灵魂。"莫罗克说："那他的灵魂藏在哪里呢？"公主说："我问过他多次，他从来不肯说出那地方。后来有一天我又问他，把他激怒了。他问我说：'你问了我好多次了。你干吗要问我藏灵魂的地方？'我对他说：'啊，哈蒂姆（Hátim），除了上帝之外，只有你是我唯一的人了。我这辈子只要还活着，就要把你的灵魂永远放在我的心中。如果我不照看你的灵魂并把它放在我的眼睛里，我怎能跟你生活？如果我知道你的灵魂在哪，我会像保护我的眼睛一样地保护它。'于是那精灵对我说：'我出生之后，几个占星家都说我的灵魂将毁在人间一个王子的手里。因此，我带着我的灵魂，把它藏在一个麻雀的嗉囊里面，用一个小盒子装着麻雀，小盒子外面又套上盒子，一连加套了七个盒子，然后又把这些盒子紧藏在一个套一个的总共七个箱子里。再把这些箱子封闭在一只大理石做的柜子里面。这个柜子则藏在茫茫无际的大洋之中。那地方远离人寰，无人可以前去。'"但是，赛伊夫·埃尔·莫罗克终于抓到了那只麻雀并把它拧死。于是那精灵便倒在地上，变成了一堆黑灰。

放在金合欢花上的心

从前，埃及有弟兄两人，哥哥名叫安朴（Anpu），弟弟名叫巴嗒（Bata）。安朴娶了妻子，还有一座房子。弟弟和他住在一起，当他的仆人。安朴是当家的，为一家之主。每天清早天刚刚亮，安朴就赶着牛到野外去放牧了。他跟在牛后面走，那些牲口就告诉他哪儿哪儿的青草好，他听了之后，便领着它们到它们想去的草地去。因此他放牧的牛长得非常好，而且繁育得多。

一天两兄弟在地里干活，哥哥对弟弟说："快回村去取些种子来。"弟弟赶紧跑回家里，对嫂子说："快给我种子，我得赶回地里去，我哥差我来取，不许我耽搁。"嫂嫂对他说："你自己到仓里去拿吧，要多少就拿多少。"他到仓里去装了满满一罐子的小麦和大麦种子，扛在肩上走出来，嫂嫂见他出来，便对他说："来，咱们先说会儿话。"他答道："我哥哥不许我耽搁，他对我就像是父亲一样。"说罢，没听嫂嫂的话，扛起种子就往地里去了。那妇人生气了，而且报复心重，又爱撒谎。当晚哥哥从地里回来，这妇人扯乱了自己的衣襟，装作挨过打的样子，对她丈夫说："日间你弟弟从地里回来取种子，对我说：'来，我们说会儿话。'我不肯，他就打我。"哥哥听了马上凶神恶煞似的，拿出刀来磨快了，提在手中，躲在牛棚的门背后等着弟弟回来把他杀死。

太阳落山了，弟弟跟平常一样扛着地里所有的牧草回转家来。走在牛群前面的一头母牛对他说道："你的哥哥手里拿着刀站在那里等着要杀你哩，你快快逃走吧。"弟弟听了老牛的话，向牛棚门口底下看去，果然见到他哥哥的脚，哥哥正站在那门背后，手里握着刀。于是弟弟拔腿就跑开了。哥哥提刀在后追赶。弟弟向太阳大声呼救。太阳听见了，放出一道大水，水里尽是鳄鱼。弟弟站在大水的这边，哥哥站在大水的另一边。弟弟就把白天取种子时发生的一切如实告诉了哥哥。哥哥对自己的作为表示忏悔，大声地哭泣着。但由于水里有鳄鱼，不能涉水到对岸与弟弟会合。弟弟喊着对他说："你回家去吧，自己去饲养那些牲口吧，我不再到你那里住了。我要到合欢花谷去。不过，这也是你将要叫我这么做的。如果我遇到不幸，你得来照顾我。请你把我的心放在金合欢花上，让它平安愉快。如果有人摘了那金合欢花，我的心就会落到地上。你得来看望并把它找到，找到以后，将它放在一个钵子里，钵子里注满清水。那样，我就会复活。我遇到不幸时的征兆时，你手中拿着的啤酒瓶会突然冒起泡沫来。"说完之后，弟弟便到合欢花谷去了。哥哥满头灰尘地回到家中，杀死妻子，把妻子的尸体扔给狗吃了。

从那以后很久，弟弟一直独自住在合欢花谷中。白天，他捕猎地里的野兽，晚上，他就睡在合欢花下，他的心就放在那合欢花上。又过了好些日子，他在合欢花谷里为自己盖了一座房子。诸神哀悯他，给他做了一个妻子，同他住在一起。妻子的手足，比世上任何妇女的手足都更完美，因为所有的神都在她身上。后来有一天，她的头发掉下了一小绺，落到河水里，漂流到埃及的国土，流到法老①的洗衣女工的房子前。那绺头发的香气熏染了法老的衣裳。为此，那些洗衣女工受到了谴责，因为人们传说："法老的衣服上有一种气味。"对于那种天天不断的责怪和埋怨，洗衣女工的工头心里非常难受。他亲自来到码头察看，发现了那绺头发，派人下水捞起了它。那绺头发是那么的香美，这工头就把它献给了法老。法老召来巫师辨认，巫师们都说："这绺头发是太阳的一个女儿的，她身上具有一切神灵的精髓。应派信使到世界各地去寻找她。"于是用香车宝马，在很多侍从的簇拥下，从合欢花谷中把那位妇女迎接到埃及来了。整个埃及都为她的到来而欢欣鼓舞。法老爱上了她。人们向她询问她的丈夫，她却对法老说："叫人去把那金合欢花树砍掉毁掉。"于是法老就派人带着工具去砍倒那合欢花树。派去的人找到了那合欢花树，砍下了合欢花，弟弟巴嗒的心就是放在那花上的。花被砍掉，他也就在那不幸的时刻倒地身亡。

第二天，天刚亮，巴嗒的哥哥被邀进了那些人的屋内，坐定后，那些人递给他一杯啤酒，那啤酒便沸腾起来。那些人又递给他一大壶葡萄酒，那酒马上就变浑浊了。他见此情景，立即拿着棍棒和草鞋赶往合欢花谷去。一到那里，便发现他的弟弟躺在自家屋里，已经死了。于是，他就在合欢花树下寻找他弟弟的心。他一直寻找了三年，杳无踪影。直到第四年里，才在合欢花的荚果里找到了它。他把弟弟的心放在一个盛满清水的杯子里。到了晚上，那心吸收了足够的水分，巴嗒的全身抖动起来，复活了。他喝下那杯浸泡他心脏的清水，他的心便回复到他的体内，他又跟从前一样地活着。

---

① 古代埃及国王称为法老。

邪恶的女妖

这是一则意大利的民间传说故事。

有一大片妖云，里面其实有一个女妖精，每年都要从一座城市接纳一位年轻的姑娘作为贡品。城里的居民不得不献上少女，否则，那云就要向他们投掷东西，杀死他们。有一年，轮到国王的女儿上贡了，人们抬着她在沉闷的隆隆鼓声中列队向一座山顶上走去，她的父母一路上哭哭啼啼地为她送行。到了山顶之后，人们就让她独自坐在一张椅子上，待在那里，大家都返回城里去了。于是妖精从云端降落山顶，把公主抱在怀里，从公主的小手指里吮吸血液。原来那妖精就是靠吮吸女孩子们的鲜血而活的。当公主失血过多、晕死过去、像死狗般躺着的时候，那妖精便把她带回空中的魔宫。碰巧，这一切都被一个勇敢的青年从一棵灌木后面看见了。

妖精刚刚把公主摄往魔宫，那青年立即变成一只雄鹰随后追到。他落在魔宫对面的一棵大树上，向魔宫的一个窗户里望去，发现一个房间里尽是女孩子，都躺在床上。原来她们都是几年来女妖吸了她们身上的血、半死半活地睡在那里。她们都管女妖叫妈妈。等女妖外出，留下姑娘们在房里时，这位勇敢的青年就用绳索吊着食物送给她们吃，并且教她们向妖精问明它怎样才会被人杀死，它如死了，这些姑娘们将会怎样。这是个很敏感的问题，但女妖还是告诉了姑娘们。它说："我是永远不会死的。"姑娘们再三请问它，它便把她们都带到魔宫的阳台上，指给她们看，说："看到远处的那座山了吗？那山上有一只母老虎，长了七颗脑袋。如果你们想要我死，必须有一头狮子去斗那母老虎，把母老虎的七颗脑袋都拧下来。母虎体内有一只蛋，任何人只要用那蛋击中我脑门中间，我就会死亡。但是，如果那蛋落在我手里，那虎便会活过来，那七颗脑袋也会复原，而我也就不死。"姑娘们听了这番话后，都装作非常高兴，说道："好！我们的妈妈肯定不会死的。"其实她们是很泄气的。

　　等女妖离开之后，她们便把女妖讲的话全告诉了这青年。青年叫她们不要害怕，然后便飞往女妖说的那座大山，摇身一变，变成一只狮子，去斗那母虎。这时，女妖从外面回来，说道："糟糕，我感觉很不舒服！"青年跟母虎斗了整整六天，每天拧断母虎一个脑袋，女妖的精力也随之一天比一天衰弱。青年休息了两天，最后，拧下了母虎的第七颗脑袋，从母虎体内取出了那只蛋。不料，那蛋竟滚进了大海。在一条角鲨的友好帮助下，他终于从海中捞得了那蛋。青年手里拿着蛋回来找女妖，妖精恳求把蛋还给她。青年命令女妖先恢复姑娘们的健康，用漂亮的马车把她们一一送回各人的家中。待这一切都做停当了，青年用手里拿着的蛋砸击女妖脑门，女妖便倒地身亡了。

树　精

　　有一则芬兰的民间传说，讲道：从前有个年轻的农民正在草地上忙着用耙子耙饲草，突然远处天际出现了一片乌云，黑压压的。这等于警告他要赶紧在暴风雨来临之前把活干完。他及时完成了地里的活，往回家的路上赶去。途中他发现一个外乡人躺在一棵树下睡熟了。这位好心的青年农夫心想，我如不叫醒他，一下暴雨，非把他湿透不可。于是便走上前去，用力摇醒那酣睡的陌生人。陌生人惊醒了，看见天上密布的雷云，伸手往口袋里摸索，却找不到任何东西可以用来酬谢这个友好的农村青年，于是便向青年说道："这回我欠了你的情。但是会有机会报答你的。记住我的话。你将要被征召入伍，将同你的朋友分别多年，而且有那么一天你将独自在异国的他乡思念故土。那时候，你抬起头来往前看，你将发现离你几步远的地方有一株弯曲的白桦树，你就走到树前，在树身上敲三下，询问：'老驼子在家么？'往下的事你就会知道了。"

　　说罢，陌生人便匆匆走开，转眼就不见了。青年农夫也继续往家中走去，很快就把刚才发生的一切全都忘了。岁月如流，陌生人的预言，一部分兑现了。那青年农夫应征入了伍，在骑兵团里服役多年。一天，他随他的团队驻扎在芬兰北部一个地方，他的同事们都在一家小酒馆里聚饮，轮到他值班照管马匹。突然间，他感到从来没有过得那么孤独，那么思乡。他热泪盈眶，故乡情景历历映现在脑海中。这时，他想起了当年故乡树下酣睡的陌生人，那情景恍如昨日。他抬起头来一看，说来也真奇怪，他面前不远处果然有一株弯曲的白桦树。他怀着好奇心走上前去，照那陌生人教他做的做了。他的话"老驼子在家么"刚一出口，那陌生人已亲自站在他的面前，对他说道："非常高兴你来了，我还恐怕你已经忘记我了。你想不想回家？"青年说他想。于是老驼子便对着那桦树里面喊道："小伙子们，你们中间谁的脚程最快？"桦树里面发出声音说道："爸爸，我能像母赤松鸡飞得那么快。""好。不过，今天我需要一个脚程更快的信使。"于是，又有一个声音说道："我跑得快如疾风。""我需要更快的使者。"爸爸说。第三个声音说道："我跑得跟人的思想一样地快。""你正合我的心意。你装满一袋黄金随身带着，送我的这位朋友和恩人回他家去。"接着，老驼子抓着这青年骑兵的帽子大声说道："帽子当人，人回家！"说时迟，那时快，这青年骑兵立即感到头上戴的帽子飞走了。他向左右一看，他竟已回到自己老家中的起居室里了，身上穿着原来的农民服装，旁边放着一大袋子黄金。可是，在他原来所在的兵营里，无论出操、检阅或者点名，他仍都是在场的，从不缺席。

当人们询问讲这故事的人："那陌生人是谁呢？"讲故事的人答道："除了树精还能是谁？"

不可见太阳的公主

在一篇丹麦人的小说里，我们看到这样一个故事。

有一位公主，命中注定在三十岁之前不得被太阳照着，否则便要被巫师掳去。为此，她的爸爸——国王就把她关在王宫之内，并把所有朝东、朝南、朝西的窗户全都封闭起来，唯恐有一线阳光照射到他亲爱的女儿身上，从而使他永远失去了她。只有在日落以后，夜晚时分，公主才能在王宫内美丽的花园里散步一会儿。后来，公主长大了，有位王子前来求婚，带来一群跨着骏马、穿戴得珠光宝气的骑士和侍从。国王说，王子可以娶他的女儿为妻，但是有个条件，就是在公主未满三十岁以前，不可把公主带回家去，王子在此期间必须同公主一起住在王宫之内，所有窗户全都向北。王子同意了。举行了婚礼。新娘才十五岁，还必须挨过十五年漫长的岁月才能走出王宫幽暗的主楼，呼吸新鲜空气，接受明媚的阳光。不过，她同她的年轻勇敢的新郎十分相爱，过得非常幸福。两人经常手拉着手坐在窗前，仰望北方天空，谈论着一旦能够自由行动时将做些什么。可是，老是坐在北窗之下，除了宫中树木、远处群山和静静飘过的行云之外，什么也看不到，未免仍有些单调郁闷。

后来有一天，恰巧王宫里所有的人都到附近一座城堡去观赏骑马比赛和其他娱乐去了，只剩下这一对年轻人跟平常一样呆坐在窗前向北方瞭望。他俩静静地坐在那里，眺望着远山。那天，天空乌云密布，天色阴沉灰暗，似乎要下雨的样子。终于，王子说话了："今天大概不会出太阳了。我们何不也赶到比赛场地去看看热闹？"年轻的妻子欣然同意。她一直渴望着能看看更广阔的世界，而只是不限于从北窗向外永远看宫内那些葱翠的树木和永恒的青山。于是驾好了马车，双方坐进车里，咔哒咔哒地直奔郊区的比赛场去了。

起初，一切都平安顺利。乌云低低地压在树木上空，风在枝间呜咽，难以想象的阴暗沉闷天气。这一对年轻人加入人群和大家一起观看竞技场上的骑马比武。两人聚精会神地看着那骏马奔驰、彩旗招展以及骑士们身上的甲胄闪闪发光的情景，从而忘记了观察天色的变化。由于天上刮起了风，乌云被驱散了。忽然间，阳光穿过了云层，像一轮光环照到了年轻妻子的身上。刹那间，妻子失踪了。她的丈夫刚一发现她不见了，丈夫本人也神秘地消失了。竞技场上顿时乱成一片。伤心的父亲赶回自己的王宫，把自己关在那阴暗的主楼里，他那生命之光便是从这儿消逝的。从那向北的窗子里，依旧可以看到那些葱郁的树木和远处的青山，可是，那两张愁闷地向窗外眺望的年轻的脸孔不见了，永远不见了。

第六部分

自然风光

拉丁姆的丛林

　　泰奥弗拉斯托斯[①]曾经给我们留下了关于公元前四世纪拉丁姆[②]地区的丛林的描述。他写道:"拉丁人[③]的土地都是潮湿的。其平原出产月桂、桃金娘和山毛榉。他们采伐的大树,每株树干都足够制作一条蒂勒尼安(Tyrrhenian)海上船只的龙骨。山区多松树和枞树。人们称之为'喀耳刻[④]之地'乃是一片高岸,长着浓密的橡树、桃金娘树和月桂树。当地土人说喀耳刻就住在那里。他们还指出厄尔皮诺[⑤]的墓地。只有这里生长的桃金娘树才能做花冠,其他地方生长的桃金娘树都太高。"

　　由此看来,古代罗马阿尔巴(Alban)山顶上的景象在某些方面和今天的景象一定很不相同。一方面,紫色的亚平宁山脉[⑥]是那么永恒地巍峨宁静;另一方面,闪闪发光的地中海又总是那么波涛汹涌,奔腾不息;它们无论沐浴在阳光之中,或被浮云的阴影划成无数方格形的图案,无论在往昔或在今天,看起来都差不多一样。但是极目看去,收入眼底的一定不是今天罗马周围那闷热而又荒无人烟的广袤平原和星罗棋布纵横交错的长长的好像米尔兹(Mirza)桥拱似的高渠的残迹,而是四面八方绵延不断的森林地带,其翠绿、猩红、金黄诸般色调,同远处无边的青山碧海绝妙地交融在一起。

① 泰奥弗拉斯托斯（Theophrastus），希腊哲学家（约公元前372年—前287年）。

② 拉丁姆（Latium），亦译拉齐奥，是罗马东南的一个地区，濒临蒂勒尼安海，古代是一个国家。

③ 拉丁人，古代拉丁姆地区或古代罗马的土著居民。

④ 喀耳刻（Circe），荷马史诗《奥德赛》中女巫的名字，会用魔法将人变成怪物。

⑤ 厄尔皮诺（Elpenor），希腊神话中奥德赛（亦译俄底修斯，即罗马神话中的尤利西斯）的伙伴，在喀耳刻宫殿的屋顶平台上摔下身亡，后葬于此地。

⑥ 亚平宁（Apennines）山脉在意大利中部，是阿尔卑斯山脉主干的南伸部分，长约1300千米，宽30—150千米，海拔约1200千米。

科斯岛上的丰收节

忒奥克里托斯①为我们描绘了一幅两千多年前希腊科斯岛②上农家秋日庆祝丰收的绚丽画面。诗人告诉我们：他跟他的两个朋友前去参加了当地农民举行的这一庆祝典礼。农民把刚刚收割的第一批大麦向德墨忒尔献祀。因为她保佑他们五谷蕃熟、仓廪丰满。那天，天气非常炎热，甚至那爱晒太阳、喜欢在太阳下爬来爬去的蜥蜴也躲进石壁的罅隙里蛰伏着，没有一只云雀在蔚蓝的天空中飞翔歌唱。尽管那么酷热，到处都显示着秋天的迹象。"一切都透着夏天的气息，"诗人写道，"同时也透着秋天的氛围。"那的确是秋日的情调。有位牧羊人遇到几位朋友，那几位是往乡间寻欢作乐去的，他却问他们是不是去酒坊榨葡萄。诗人和他的朋友到达目的地后，在高拱的白杨和榆树斑驳的阴影下悠然小憩。附近的泉水潺潺，蝉声阵阵，蜜蜂营营，斑鸠雍雍。熟透了的苹果和梨不时地从枝头落下，滚入他们脚边草中，野梅树上深红色的梅子，累累满枝，直弯到地面。他们躺在柔软芳香的乳香木床上，相互唱着小曲，悠闲地度过了酷热时光。打谷场上，金黄色的谷物堆边，亭亭地立着德墨忒尔的质朴的肖像，她手中握着谷秆和饰花，在向人们微笑。这一天正是为了纪念她的。

---

① 忒奥克里托斯（Theocritus），公元前三世纪希腊诗人。
② 科斯岛（Cos），希腊多德卡尼斯群岛中的一个小岛，在爱琴海中。

阿多尼斯峡谷

  在阿法卡^①，有一座著名的阿斯塔特^②的坟墓和殿堂。该殿堂的遗址是现代旅游者发现的。那地方就在荒无人烟的、传奇式的、树木繁茂的阿多尼斯峡谷谷口一个至今仍名叫阿芙卡（Afka）的村子的附近。这座偏僻的小村庄坐落在谷口绝壁边缘、名贵的胡桃树园林中。不远处有一条山涧，涧水从高耸的悬崖顶下一个大洞口内奔腾而出，直泄那深达万仞的幽谷之中，形成连绵不断的飞瀑，临空飘洒。危崖愈往下，崖边的草木愈加茂密。它们从岩石的裂隙中生根发芽，破土而出，峭立崖边，形成一幅翠绿色帐幔，覆荫着那优美绝伦的谷中的淙淙涧水。在那青碧的滔滔涧水中，在那香甜清新的山间空气里，在那翠绿的草木丛中，有着一种美妙的几乎令人陶醉的东西。那神殿的劈削的巨石和优美的大理石圆柱，虽历经沧桑，还是那么引人瞩目。它矗立在崖坪之上，正对着迎面绝壁间涧水迸泄的源头，极其庄严壮丽。透过喧嚣飞溅的瀑布向上仰望，可见那洞口和其上惊险宏壮的悬崖巅顶。那些沿着崖壁边沿缓缓移动啃吃灌木嫩叶的山羊，在崖脚下看上去简直像是点点蚂蚁。向海上望去，当金色的阳光洒向那幽邃的峡谷，展现出山上防御建筑所有奇形怪状的拱璧和精美的碉楼，又柔和地坐落在密布谷底的深碧浅绿的林木之上时，那景色尤为壮观。据传说，正是在这里，阿多尼斯最初也是最后与阿芙罗狄蒂相遇，他的被撕碎的遗体也埋葬在此地。恐怕再也想象不出还有比这里更好的恋爱与死亡的悲剧故事的场景了。尽管这里与世隔绝，并且一直总是这样，然而却并不完全荒无人烟。在某些突出的巉崖之巅，或俯临涧水的千仞峭壁之上，可以看到星星点点的单独的修道院或孤村。夜晚黑暗中闪烁的灯光，也显示出在那些似乎难以攀抵的高坡上还有人居住。在古代，这整个优美的峡谷，好像是奉献给了阿多尼斯的。直到今天，这里还萦绕着人们对他的怀念。环绕峡谷四周的高峰，许多地方还散布着崇敬和怀念阿多尼斯的残碑断碣，它们有的高悬在万丈深渊之上，苍鹰飞旋于远在其下的窠巢附近，试一俯视，令人目眩。

在及尼（Ghineh），至今还存有这样一处碑碣。在一粗粗削出的崖凹处，一块巨石面上雕刻着阿多尼斯和阿芙罗狄蒂的肖像。阿多尼斯手持长矛在那里静待大熊的袭击，而阿芙罗狄蒂则忧伤地坐在一旁。阿芙罗狄蒂的这一雕像很可能就是马克罗比乌斯③所描述的"黎巴嫩的悲伤的阿芙罗狄蒂"，而那崖上凹处可能就是她的情人阿多尼斯的墓地。阿多尼斯的崇拜者相信，阿多尼斯每年在山上受伤身亡，大自然的面貌每年都被他的神圣的鲜血染红。于是，年复一年的叙利亚的姑娘们都要哀悼他的不幸夭折，而每年这时阿多尼斯花——红色的银莲花总是在黎巴嫩的雪松丛中盛开着。当春风吹进近海时，那山涧的碧水则变成了殷红，流入大海，像弯弯曲曲的飘带装饰着碧蓝的地中海的蜿蜒的海岸。

---

① 阿法卡（Aphaca）在阿多尼斯河的发源处。位于叙利亚海岸比布勒斯和巴勒贝克之间。

② 阿斯塔特（Astarte），是与希腊神话中善与美的女神阿芙罗狄蒂相对应的闪族人的大神。

③ 马克罗比乌斯（Macrobius），活动于约公元400年前后，拉丁文法学家。

西里西亚的海盗之家

　　古代西里西亚①高地的居民主要通过不高尚的手段谋生，很少凭耕作庄稼和种植葡萄等劳作来维持生计。他们都是些肆无忌惮的海上冒险家和奴隶，用他们的单层甲板大帆船在公海上搜索劫掠，然后带着他们掳获的财物退回他们高山中外人无法进入的堡垒。当希腊权力在东方衰落期间，西里西亚的海盗群体变得非常强大，四面八方的亡命之徒和不能聊生的人们纷纷赶来，啸聚其间。

　　山间一系列深邃的峡谷把整个高原划成了许多区段，至今仍可看到当年随处设立的城砦棋布在那些危崖绝壑的边沿上。那些巨石砌成的坚固的围墙、碉楼和雉堞，突出于千仞深渊之上，最堪抗击官方的追捕。在古代，这地区绝大部分都密布着松杉丛林，它们不仅为那些海盗提供了制造船舶需用的木材，并且森林幽暗深邃，使得外部来人更难接近强盗的巢穴。拉玛斯河（Lamas River）大峡谷，形如云中的叉状闪电，一直延伸到高山腹地，每隔几英里远近，便有一座设有防御工事的城砦，即使而今只剩下断壁残垣，也仍然气势磅礴宏伟，为野山羊和熊罴出没的场所。各海盗群体都有自己的饰章或徽志，在一些颓圮的碉楼基石上仍可见到那些雕刻的徽志。无疑，海盗的船只、风帆、旗帜也都绘有他们各自的徽志。他们常常派出大帆船，载着一伙匪徒，到黄金海上——海盗们称之为克里特②与非洲之间的贸易通道——去劫掠巨商富贾。

山崖间凿出了一条梯道，从一座倾颓的堡垒直抵千仞以下的谷底河流，石级早已蚀损，简直无法攀行。沿危崖边沿前行数里，倒可以找到通往下面的途径。但那些小径都在绝顶之上，它们虽可通往谷底，却连一个落脚点都没有，即使惯于在这些偏僻处出没的牧人、樵夫，也只能望而却步。黄昏时分，暑热渐退，谷底升起一抹雾霭，像起伏如波的飘带悬浮在那蜿蜒曲折的山涧上空。在人称"撒旦的挑战"，即"魔鬼幽谷"的科丽西亚（Corycian）岩洞附近，那一片奇妙巨大的崖壁，在强烈的阳光下辉耀闪烁，而在阴影中显得幽暗无伦。夏日，其上碧空万里；冬季，其下涧水干涸，河床里满是大大小小的岩石，两岸遍布交相缠结的常青灌木。夹竹桃以它的柔茎嫩叶和挂满枝头的绯红色花朵点缀其间，尤为风雅夺目。

---

① 西里西亚（Cilician），古代小亚细亚东南的一个地区，濒临地中海。
② 克里特（Crete），希腊的一个岛屿，位于地中海和克里克海之间。

科丽西亚崖洞

从科丽克斯（Corycus）沿海岸往西行约一小时左右，便来到一处秀丽的小海湾，山丘环抱，树木葱茏，一泓清凉的泉水在近海处迸射而出，人们称此地为漯特渌-涑（Tatlu-Su），即甜水之意。从海湾这里有一条古代铺修的陡峭坡道通往山上高处。穿过那曲曲折折令人容易迷途的小径，或者说风化了的锯齿般的石灰质岩石的海洋，突然发现脚下就是大张着口的广阔崖洞的边沿。这就是科丽西亚崖洞。实际上，它并不是一座崖洞，而是高原上一片宽广无比的椭圆形凹地或石槽，周长约半英里左右。环绕它四周的峭壁，高约一至二百余英尺不等。它的底部高低不平，一直从北往南倾斜，高耸的峭壁遮蔽其上，地面尽是浓密的树丛和灌木——桃金娘、石榴、角豆树等，由于溪流和地下水的灌溉，常年葱翠蓊郁，一条崎岖的羊肠小道从洞顶直通洞底。愈往下，树木愈密。到达洞底时，满目树影婆娑，满耳枝叶飒飒和流水潺潺。古代这里灌木丛中蕃生的番红花，已不复可见，不过临近地区番红花仍很繁茂。这里草木青青，清新凉爽，幽阴喜人。来来往往的牧民称此地为乐园。平常，他们把骆驼牵到这里歇憩，把山羊领到这里放牧。三夏时节，他们来这里采集成熟了的石榴。在悬崖环抱的凹地最南端极深处，才是这大洞穴的主体。

一座拜占庭教堂的废墟，原来建立在一座异教的庙宇遗址之上，挡住了入口处的一部分。洞内，地面缓缓倾斜，伸向地壳深处。一条古代用多角石料铺砌的小径依旧向前延伸，逐渐地在沙下消失了。从洞口往内到这里大约两百多英尺（约合60余米）处可听见地下水流轰鸣。俯地爬行，前面有一方小池，一大片湿漉漉的钟乳石像拱顶一样垂悬其上。虽然流水声震耳欲聋，却不见流水的踪影。不过，在古代，并不是这样。清清的河水从岩石间迸出，流进峡谷后又在裂罅中消失了。这种河道改变的现象，在常常发生地震和火山爆发造成底层断裂的国度里是很普通的。古人相信，这个神秘的洞穴，乃是神灵出没的地方。在喧嚣轰鸣的水声中，他们觉得那仿佛就是神灵敲击的铙钹声。

所罗门的温泉浴场

　　古代莫阿布王国①的著名温泉，流经一个天然峡谷进入死海。古代的希腊人把这温泉叫作"凯利尔荷"（Callirrhoe），即"清澈的流水"的意思。希律②国王由于身心机能失调，行将永离人世（虔诚的犹太人认为那是上帝对他的惩罚），仍希图借助温泉治愈或缓和其疾病的恶化。可是，温泉也未能解除他的病痛，他只得退居耶利哥③，在那里等待死亡的降临。

　　温泉的泉水从带有传奇气氛的深谷四面八方各处迸涌出来，形成巨大迅急温热的溪流，倾泻绝壁深底，撞击在圆卵石上，泡沫飞溅。怪柳和藤丛的浓阴荫覆水面，两岸岩石上布满着翠碧的铁线蕨类。有一道温泉从一处绝壁顶上突出的扁平岩石上飞泻而下，崖壁被含硫的温泉染成鲜亮的黄色。狭窄的峡谷四周危崖高耸，有红色的砂岩，黄、白色的石灰岩，以及黑色的玄武岩，陡峭雄伟，色彩斑斓。温泉水便是从那些岩石与石灰岩汇合处涌出的。水温很高。山四边的巨大裂口处，蒸汽如云，流水轰鸣。谷底树木繁茂，几乎挤满了整个峡谷。由于地处海平面之下很低很低，这里的气候和生长的植物群差不多同非洲一样。藤竹丛生，细茎嫩叶随风摇曳。茂盛的夹竹桃，墨绿的枝叶衬托着淡红色的花朵，分外妖娆。泉水流经之处，枣椰树高高耸立。遍地鲜花，绚丽夺目。无数丛花苁蓉，每株花茎高约三英尺左右，从地面往上开满了或粉紫或明黄的花朵。石头丛中，玫瑰色的天竺葵亭亭玉立，芳姿绰约。土质稍厚的地方生长着大量芳香馥郁的紫罗兰。岩罅间猩红的花毛茛，大丛的酢浆草和仙客来，鲜艳欢腾。大群五彩斑斓的硕大蝴蝶，翩翩上下飞腾在百花丛中。往下向极远处谷口望去，只见朱达山岗峦起伏，紫烟蔼蔼。岩口两边，岩崖峭立，一面是黑黝黝的玄武岩，另一面是晶莹明亮的红砂岩，那么协调和谐，又似乎与远山天然地镶嵌在一起。

　　每年四五月间，大批阿拉伯人涌来这座幽谷，享受这里的温泉。他们就住在从灌木丛中砍来的芦秆架起的小屋里，他们在热气腾腾的温泉里沐浴，泉水从岩间罅隙中喷射出来，拍打着他们的身体。他们在纵情享受温泉沐浴之前，这些游客——既有穆斯林，也有基督徒——都要先以一只绵羊或山羊在水边向本地的神灵献祭，让羊血染红水面，然后才进入他们所谓的所罗门温泉浴场尽情洗浴。据传说，贤明的所罗门在这里开辟了他的浴场，为使泉水永远温暖，他命令神灵不许火灭。直至现在，神灵一直谨遵他的命令。倘或偶尔稍懈，泉水便减少并变凉了。沐浴的人们发现这一情况时，便大声说："啊，所罗门，请加些木柴，加些干燥的木柴。"于是泉水马上就汩汩地响了起来，跟平常一样地热气腾腾。有病的人向住在泉水中、肉眼见不到的这位所罗门或教主诉说自己的病痛所在，如在背上、在心头，或在两腿上。如果水不太热了，他们便喊道："啊，教主，水凉了，您的浴场不热了！"乐于助人的教主便把火烧旺，泉水很快就沸腾起来。如果他们喊过以后，水温仍然很凉，他们便说教主朝圣去了，于是就大声呼喊，催请教主快快回来。

---

① 莫阿布（Moab），古代位于死海东南的一个王国。
② 希律（Herod），犹太的暴君，公元前37年—前4年间在位。
③ 耶利哥（Jericho），死海以北的古城。

希拉波利斯的石化了的瀑布

希拉波利斯①峡谷，常年蛮烟瘴气，直到现代尚未被人发现。即使在远古时期也似乎早就消失，可能是毁于某次地震。可是那圣城的另一奇迹却一直保存到今天。那里的温泉与其所含的石灰质，像巫师的权杖似的，将它接触到的一切东西都变成石头，引起古人的惊奇。随着时代的推移，这伟大的演变景象更加壮丽无俦了。

希拉波利斯宏伟的遗址，雄踞山侧一片宽阔的平岩或台地之上，远处的美景尽收眼底：卡达墨斯（Cadmus）山的黝黑悬崖和耀眼的白雪，弗里几亚（Phryaia）山的赭色绝顶，在蓝天下辉映成一派玫瑰色彩。城背后群山环立，森林覆盖的深谷把群山截为数段。城前面，宽阔的平台向三百英尺（约合91米）高的悬崖下倾斜，直入树木不生、荒凉的莱克斯（Lycus）山谷。几千年来，温热的泉水一直向这些悬崖表面倾泻或潺潺流过，在岩面上积下厚厚一层晶莹、如盐似雪的物质，整个外貌煞像一条两英里（约合3千米）多宽的大河从巨大的悬崖泻落过程中突然被止住而变成洁白的大理石。这时石化了的尼亚加拉（Niagara）瀑布，其景象以冬季或夏日凉爽的清晨最为动人：温泉的水雾悬在空中，像一层雾幔笼罩在飞溅的瀑布泡沫上。那些白色的悬崖，远在20英里（约合30千米）之外便引起游人的瞩目，待到近前细观，又是一种情景，令人倍觉美妙。这时，它看起来好像一条冰川，那些悬垂的钟乳石犹如无数的冰柱，它那雪也似的白白的平展的崖面上零零落落地闪现着青红蓝紫各种色彩，蔚为奇观。希拉波利斯①的这些石化了的瀑布已被列为世界奇观之一。自从新西兰著名的罗托马哈纳（Rotomahana）红白相间的阶丘或高台梯地被毁于火山爆发以后，它们便成了世界上独一无二、无与伦比的这类景观了。

造成这些希拉波利斯奇迹的温泉，是从这座古城许许多多壮丽遗迹中一个巨大渊深的水潭里迸射出来的。泉水碧蓝清澈，潭底可见漂亮的科林斯式②列柱的白色大理石圆柱，古时候它们一定是环立在这个神潭的周围的。它们透过碧水闪闪发光，看上去像是娜伊阿得③宫殿的遗址。一丛丛的夹竹桃和石榴树突伸在小湖湖面上，给小湖增添了许多风韵。可是这迷人的地方也有其危险之处。湖底不断冒起的碳酸气，像闪烁的白银粒子升向湖面。来湖中饮水的鸟兽往往被含毒的蒸汽窒息死于岸边。这里的村民们还说到有些在此沐浴的人因不胜泉水的高温而溺死，或者按村民们的说法，被水中神灵拖下水底而死亡。

---

① 希拉波利斯（Hierapolis），古代叙利亚圣地，以其所建阿塔嘉蒂斯神殿著名。现属于土耳其。
② 科林斯式（Corinthian Order），是希腊古典建筑的一种柱式，柱头是倒钟的形状，四周有装饰性的锯齿状叶片。
③ 娜伊阿得（Naiad），希腊与罗马神话中住在泉水里并将生命赋予泉水的女仙。

再版后记

20世纪80年代改革开放时期，国人对文化的追求如饥似渴，出版事业随之迎来了一个万物更新的春天。

80年代初，我在莫斯科大学留学时期的同学、中国社会科学院文学研究所民间文学研究室的研究员刘魁立先生拿着一沓《金枝》的残稿找到我（当时我在文学研究所的理论室），问我能否找到一位懂英文的人。我便向他推荐了我的先生汪培基。汪培基毕业于上海圣约翰大学英国文学系。

原来中国社会科学院外国文学研究所的研究员徐育新先生，已经将英国人类学奠基人——詹姆斯·乔治·弗雷泽所著的一卷本《金枝》全书翻译完毕，但未及出版便遇上了"文化大革命"。70年代初，徐育新先生因肝病去世，其书稿大量散失。后来经刘魁立先生多方努力，搜集该书的残稿。六十章的《金枝》全书译稿前后均已散失，只剩下了中间的二十章，其中还漏译了四万字。汪培基应刘魁立先生的邀约，将书稿翻译补齐，还负责对译文统一校订、修改、润色和注释，完成了《金枝》一书的译著工作，于1987年由中国民间文艺出版社出版。

既竣，刘魁立先生又拿来《金叶》一书。《金叶》是詹姆斯·弗雷泽的夫人——丽莉·弗雷泽自十二卷本《金枝》原版精选出的若干章节编写而成。《金叶》没有《金枝》引用的大量文献资料和原作者独创的科学推理论证，只选取若干故事传说，以清新隽永的文笔娓娓道来，反映了人类祖先在认识世界、认识自我、不断进步的漫长过程中，曾经有过的某些思维和认识。他们是那样的天真、质朴，近乎迷信、幼稚、可笑，却又体现了人类早年的朝气蓬勃、积极进取，敢于征服自然、探索未知世界的精神和努力。

诚如弗雷泽夫人所说：那些故事与传说在自己的笔下都化成美妙的音乐。书中最后的《自然风光》部分，简直是无与伦比的天然图画、人间仙境，充满了诗情画意，又是一首首绝妙的、无声的乐章。弗雷泽夫人说：她无意于教诲，只是从《金枝》上摘取片片发光的树叶——金叶，汇聚成册，给风华正茂的青少年们以精神上的愉悦。

弗雷泽夫人把一片片秀叶摘取下来，编织成一簇闪闪发射金光的花环献给青少年们；汪培基又以其精准的译文，把这一簇花环献给中国的青少年朋友们。

《金叶》中译本于1997年由上海文艺出版社首次出版。

时光易逝，匆匆已二十年。汪培基先生已于2012年9月因心肾衰竭辞世。现在后浪出版公司及四川人民出版社重新出版《金叶》一书，是代为后记。

刘保端

2018年2月25日于北京